Selfies et sushis

Catalogage avant publication de Bibliothèque et Archives nationales du Québec et Bibliothèque et Archives Canada

Rondeau, Sophie, 1977-

Selfies et sushis

Sommaire: 1. Comme sur des roulettes.
Pour les jeunes de 9 ans et plus.

ISBN 978-2-89723-796-7 (vol. 1)

I. Rondeau, Sophie, 1977- . Comme sur des roulettes. II. Titre.

PS8635.O52S44 2016 jC843'.6 C2015-942381-3
PS9635.O52S44 2016

Les Éditions Hurtubise bénéficient du soutien financier du gouvernement du Québec par l'entremise du programme de crédit d'impôt pour l'édition de livres et de la Société de développement des entreprises culturelles du Québec (SODEC). L'éditeur remercie également le Conseil des arts du Canada de l'aide accordée à son programme de publication.

Financé par le gouvernement du Canada
Funded by the Government of Canada | Canada

Illustration de la couverture: Magalie Foutrier
Graphisme: René St-Amand
Mise en pages: Martel en-tête

ISBN 978-2-89723-796-7 (version imprimée)
ISBN 978-2-89723-797-4 (version numérique pdf)
ISBN 978-2-89723-798-1 (version numérique ePub)

Dépôt légal: 1er trimestre 2016

Bibliothèque et Archives nationales du Québec
Bibliothèque et Archives Canada

Diffusion-distribution au Canada:
Distribution HMH
1815, avenue De Lorimier
Montréal (Québec) H2K 3W6
www.distributionhmh.com

Diffusion-distribution en Europe:
Librairie du Québec/DNM
30, rue Gay-Lussac
75005 Paris FRANCE
www.librairieduquebec.fr

Imprimé au Canada

www.editionshurtubise.com

Sophie Rondeau

Selfies et sushis

1. Comme sur des roulettes

Hurtubise

De la même auteure

Série CUPCAKES ET CLAQUETTES

Tome 1, Loin de toi, roman, Montréal, Hurtubise, 2013.

Tome 2, L'amour est un caramel dur, roman, Montréal, Hurtubise, 2013.

Tome 3, Pincez-moi quelqu'un !, roman, Montréal, Hurtubise, 2014.

Tome 4, Le cœur dans les nuages, roman, Montréal, Hurtubise, 2015.

Tome 5, Sans flafla, roman, Montréal, Hurtubise, 2015.

Série DESTINATION MONSTROVILLE

Tome 1, Moche Café (coécrit avec Nadine Descheneaux), roman, Montréal, Éditions Druide, 2013.

Tome 2, Le salon de décoiffure, roman, Montréal, Éditions Druide, 2014.

Tome 3, Le Laidorama, roman, Montréal, Éditions Druide, 2015.

Série ADRIEN ROSSIGNOL

Tome 1, Une enquête tirée par les cheveux, roman, Montréal, Éditions de la courte échelle, 2013.

Tome 2, Un Rossignol à l'opéra, roman, Montréal, Éditions de la courte échelle, 2013.

Malédiction au manoir, (collectif), recueil de nouvelles, Saint-Lambert, Éditions Dominique et compagnie, 2014.

Non, petits gourmands ! (coécrit avec Nadine Descheneaux), album, Montréal, Éditions du Renouveau pédagogique, 2012.

La Fée Chaussette, album, Montréal, Éditions Imagine, 2011.

La Collation de Barbo (coécrit avec Nadine Descheneaux), album, Montréal, Éditions du Renouveau pédagogique, 2011.

Violette à bicyclette, roman, Gatineau, Éditions Vents d'Ouest, 2010.

Papa a peur des monstres, album, Montréal, Éditions Imagine, 2009.

Étienne-la-bougeotte, album, Montréal, Éditions du Renouveau pédagogique, 2009.

Louka cent peurs, roman, Gatineau, Éditions Vents d'Ouest, 2009.

Simone la Démone cherche cœur de pirate, roman, Rosemère, Éditions Pierre Tisseyre, 2009.

La deuxième vie d'Anaïs, roman, Gatineau, Éditions Vents d'Ouest, 2009.

Simone la Démone des sept mers, roman, Rosemère, Éditions Pierre Tisseyre, 2008.

Ton nez, Justin !, album, Montréal, Éditions du Renouveau pédagogique, 2008.

La Course aux œufs, roman, Montréal, Éditions du Renouveau pédagogique, 2007.

Quels drôles d'orteils ! (coécrit avec Nadine Descheneaux), album, Montréal, Éditions du Renouveau pédagogique, 2007.

Le père Noël ne viendra pas, album, Montréal, Éditions du Renouveau pédagogique, 2006.

Le Serment d'Ysabeau, roman, Rosemère, Joey Cornu Éditeur, 2004.

Pour papa. Merci d'être là dans
mes moments de joie,
mes moments de peine.
Je suis fière de te ressembler.

Raphaëlle

24 mars

Quand ma mère était enceinte de moi, le médecin lui a dit que j'étais un garçon. Elle a donc acheté des tonnes de pyjamas bleus et décoré ma chambre avec des motifs de la jungle. Mon père a même fabriqué un petit écriteau en bois, où il a gravé le nom de Raphaël, pour le poser au-dessus de la porte de ma chambre. C'était le seul prénom sur lequel mes parents s'entendaient.

Je suis née de manière assez expéditive sur la banquette arrière de la voiture de police de mon père. Lorsqu'elle m'a vue, maman n'en croyait pas ses yeux. Mon père m'a déjà raconté qu'elle répétait que c'était une erreur, que je ne pouvais pas être son bébé. Elle devait être un peu (beaucoup) traumatisée. Je crois que je l'aurais sûrement été moi aussi si j'avais accouché sur le bord de l'autoroute, en pleine tempête de neige. Mon père avait beau connaître les bases des premiers soins, il était aussi secoué qu'elle! Il a fallu quelques heures à ma mère pour se remettre de ses émotions et réaliser qu'elle avait bel et bien une fille. Finalement, Raphaël est simplement devenu Raphaëlle. Eh oui, j'ai un nom de gars. De toute façon, papa a toujours dit que j'étais un garçon manqué!

J'ai gardé ma chambre de la jungle jusqu'à l'âge de 7 ans. Mon père m'avait même bâti une petite cabane en hauteur à laquelle j'accédais par une échelle en corde. Cette cabane a été mon refuge pendant longtemps. Certains soirs où je n'avais pas envie de coucher dans mon lit, il arrivait que je m'y endorme avec mes douze toutous: un lion, un serpent, une girafe, un éléphant, un zèbre, un perroquet, un singe, un hippopotame, un tigre, un rhinocéros, un crocodile et... un lapin! Oui, je sais, le lapin n'est pas un animal de la jungle. C'est mon oncle Vincent qui me l'a donné. Il n'avait pas compris la thématique de ma collection...

Se sentant coupable d'avoir pensé que j'étais un garçon, ma mère s'est mis en tête de m'acheter seulement des robes et des jupes, de préférence roses ou mauves. Je ne dis pas que je déteste le rose, au contraire. C'est une belle couleur qui me va bien, mais j'ai fini par en avoir ras le bol. Un jour, j'avais 6 ou 7 ans peut-être, alors qu'on était chez mon oncle, je suis allée fouiller dans les tiroirs de mon cousin Alex, qui a le même âge que moi. J'ai enlevé tous mes vêtements et j'ai mis les siens : un jeans BLEU, un t-shirt rouge avec un dessin de VOITURES et une casquette NOIRE et VERTE. J'ai aussi pris la paire de ciseaux qui traînait sur la commode et j'ai coupé mes cheveux qui m'allaient jusque dans le milieu du dos. Maman a failli en faire une crise cardiaque.

— Raphaëlle ! a-t-elle crié d'une voix suraiguë. Mais qu'est-ce que tu as fait là ?

J'ai haussé les épaules. Je ne voyais pas ce qu'il y avait de catastrophique dans mon geste. Maman a touché mes cheveux, a tiré un peu sur une mèche. On aurait dit qu'elle voulait les étirer pour qu'ils reprennent leur longueur d'avant.

— J'ai juste coupé mes cheveux. C'est pas grave. Il va y avoir moins de nœuds et je n'aurai plus à les peigner pendant des heures. Je vais avoir plus de temps pour me brosser les dents, tu n'arrêtes pas de me dire que c'est important d'avoir des dents propres.

Maman était complètement découragée, mais je pense que mon père et mon oncle rigolaient franchement.

Le lendemain, elle m'a emmenée magasiner et j'ai pu acheter tous les vêtements que je voulais, dont quatre paires de pantalons. On a aussi fait un détour chez la coiffeuse pour arranger un peu ma coupe légèrement croche ! Depuis ce coup d'éclat, je n'ai jamais plus coupé mes cheveux blond miel. Aujourd'hui, c'est la partie que je préfère de mon anatomie. Ça prend de nouveau un temps fou pour les démêler et je dois les tenir attachés presque tout le temps pour ne pas les avoir dans les yeux, mais j'aime bien ma longue crinière ondulée.

Je ne me souviens pas d'avoir déjà vu mes parents amoureux. Jamais je ne les ai vus s'embrasser, ou se minoucher, comme le font la plupart des couples. Mon père est policier et il a toujours eu des horaires irréguliers, autant de jour, de soir que de nuit. Ma mère, elle, est pharmacienne et travaille à l'occasion les soirs de semaine et les weekends. C'est sans compter que papa joue au hockey une fois par semaine et que maman suit des cours de Zumba. Jusqu'à l'année dernière, ils me conduisaient à tour de rôle à mes cours de soccer l'été et j'allais au cinéma parfois avec l'un, parfois avec l'autre. On aurait dit qu'ils s'arrangeaient pour passer le moins de temps possible ensemble.

Ah oui, je dois vous dire que maman l'a eu finalement, son garçon! Elle l'a appelé Adrien. Petit, il a été très malade. Il a eu ce qu'on appelle une sténose du pylore. C'est une maladie de l'estomac. Adrien a dû être opéré deux fois alors qu'il n'avait que quelques semaines. Par chance, il n'a gardé aucune séquelle. Ça, pour être en forme, il l'est!

Aujourd'hui, Adrien a 9 ans et c'est l'exemple parfait du petit frère fatigant qui agace souvent sa grande sœur (c'est-à-dire moi!) pour la faire fâcher. On peut dire qu'il en a pour son argent, car je m'emporte facilement. Quand il commence à faire le clown à côté de moi, je fais exprès de m'enfermer dans ma chambre pour ne pas craquer.

Le jour où mes parents nous ont annoncé qu'ils allaient divorcer, je n'ai pas été très surprise. C'était un jeudi soir, il y a un an. On avait mangé du macaroni pour souper et maman m'avait permis de reprendre du dessert. Pour une fois, ils s'étaient assis côte à côte sur le sofa pour nous parler. Même si je n'étais pas vraiment étonnée, ça m'a donné un choc. J'ai senti une grosse boule de peine envahir ma poitrine et, dans ma tête, toutes sortes de questions ont jailli en même temps, comme un geyser sombre. Avec qui allais-je habiter? Est-ce que je devrais changer d'école?

Est-ce qu'on déménagerait ? Est-ce que c'était à cause de moi qu'ils se séparaient ? Et surtout, s'ils ne s'aimaient plus, est-ce qu'ils allaient m'aimer encore, moi ?

Mais je n'ai rien dit. Les mots restaient coincés dans ma gorge.

Maman pleurait, papa aussi. Je crois que c'était la première fois que je voyais mon père pleurer. C'est ce qui m'a le plus marquée. Adrien aussi. Il en parle encore, parfois.

— Personne ne vous oblige à vous séparer.

— …

— Pourquoi vous pleurez, alors ? ai-je explosé.

Tout à coup, j'étais en colère.

Ils disaient que c'était la meilleure solution pour eux et pour nous, mais qu'ils étaient tristes, oui. Pourquoi ils ne restaient pas ensemble, alors ? C'était à n'y rien comprendre.

— Ça a été une décision difficile à prendre, ma belle Raphie. Même si on ne s'aime plus comme avant, il y a tout de même quinze ans qu'on est ensemble, Sébastien et moi. On a plein de souvenirs en commun. Et deux beaux enfants ! Mais il faut qu'on fasse notre deuil, nous aussi. Ce sera un grand changement pour toute la famille, a dit ma mère en prenant ma main.

— Toute la famille ? On n'a plus de famille maintenant, et c'est à cause de vous !

J'ai repoussé ma mère, j'ai couru jusque dans ma chambre, et j'ai claqué la porte aussi fort que j'ai pu.

Depuis, douze mois ont passé.

J'ai fini par m'y faire et j'y trouve même des avantages. À Noël dernier, j'ai reçu deux fois plus de cadeaux que les années précédentes ! J'ai des amis dont les parents divorcés n'arrêtent pas de se chicaner. Je dois être chanceuse, car les miens s'entendent plutôt bien. Papa a gardé la maison et maman s'est pris un appartement, le temps de se trouver une maison à son goût dans le quartier. Elle est toujours rendue sur des sites d'agents d'immeubles. Je ne sais pas si elle va finir par se décider un jour. J'ai hâte parce qu'on se marche pas mal sur les pieds.

À cause des horaires irréguliers de papa, la garde partagée était impossible. La plupart du temps, Adrien et moi vivons avec maman. Nous allons chez mon père lorsqu'il travaille de jour ou qu'il est en congé. Mais depuis qu'il s'est fait une nouvelle blonde, on y va moins souvent, parce qu'il fait des activités TOUT SEUL avec elle.

La première fois que j'ai vu Tania, je n'ai pas été très, très gentille avec elle, et mes paroles ont un peu dépassé ma pensée. Je lui ai dit que c'était clair que leur relation ne ferait pas long feu et qu'Adrien et moi, on n'avait pas besoin d'avoir une deuxième mère. Je n'étais pas prête à la rencontrer.

J'agis souvent sur des coups de tête. Je suis impulsive et super impatiente. Du coup, il m'arrive de dire ou faire des choses sans réfléchir aux conséquences. Parfois, ça tourne bien, parfois non… Quand Olivier Marcoux a ri de moi parce que j'avais un morceau de papier de toilette collé sous ma chaussure, je l'ai frappé et il s'est mis à saigner du nez. Je me suis retrouvée dans le bureau de la directrice. J'étais en deuxième année.

Depuis, je visite le bureau de madame Johanne au moins une fois par an. Je n'en suis pas fière, mais ce qui est drôle, c'est que j'ai tissé des liens avec elle au fil du temps. Même qu'une certaine complicité s'est installée entre nous. Quand elle me voit entrer dans son bureau, accompagnée d'une enseignante ou d'une surveillante, elle lève les yeux au ciel, me regarde par-dessus ses petites lunettes et soupire: « Qu'est-ce que tu as encore fait, Raphaëlle ? » Alors on discute pendant de longues minutes. Elle m'offre parfois des petits biscuits au beurre, comme ceux qu'il y a chez ma grand-mère.

Justement, ce matin, je me retrouve encore dans son bureau. La directrice m'attend les bras croisés. Elle a l'air plus découragée que fâchée.

— Tu n'as pas retenu ce qu'on s'était dit la dernière fois ?

La dernière fois, c'était il y a quatre ou cinq mois. Quelque part durant l'automne.

— Je n'ai pas eu le temps d'y penser.

— Quand un conflit survient, qu'est-ce que tu dois faire ?

Madame Johanne est gentille, mais il faut qu'elle fasse son travail...

— Je prends une grande inspiration...

— C'est bon. Après ?

— Si je peux, je m'éloigne pour reprendre mes esprits.

— C'est ça.

— J'écoute ce que l'autre a à dire. Ensuite, je m'explique. En parlant.

— Tu es une super pro, Raphaëlle. Je ne comprends pas pourquoi tu finis toujours par dépasser les bornes.

— Cette fois-ci, ce n'était pas la même chose.

— Ah oui, comment ça ?

— Parce que ce n'est pas avec un élève que je me suis chicanée. C'est avec la surveillante.

Madame Johanne sait sûrement l'essentiel de ce qui vient de se passer. La surveillante en question, du nom de Ginette, est allée lui parler en privé pendant que j'attendais au secrétariat.

—Raconte-moi ce qui est arrivé.

—Vous le savez déjà, pourquoi voulez-vous que je le répète ?

—Parce que je veux ta version de l'histoire.

Je soupire. Je n'ai pas tellement envie de lui dire, mais je n'ai pas le choix.

—Ginette a pris mon cellulaire et je me suis énervée.

—Qu'est-ce que tu faisais avec ton cellulaire dans la cour d'école, jeune fille ?

—Je prenais une photo. Pour l'envoyer à mon père. Je voulais lui montrer la grosse butte sur laquelle on glissait cet hiver. Elle est en train de fondre et bientôt il sera trop tard.

Mon père m'a acheté un cellulaire au début de l'année scolaire. Ma mère trouvait que 11 ans, c'était trop jeune pour avoir un cellulaire, mais papa a réussi à la convaincre. Je ne suis pas une extraterrestre, d'autres élèves de ma classe en ont un aussi. Adrien était super jaloux, mais papa lui a dit qu'il en aurait un lui aussi lorsqu'il aurait mon âge.

Comme on ne se voit pas beaucoup, j'envoie souvent des photos à mon père, et il fait de même. C'est notre manière de rester en contact.

Par exemple, ce matin, il m'a fait parvenir une photo de son déjeuner. C'était une assiette gigantesque ! Le déjeuner du bûcheron, c'est le nom du plat. Il y a avait des œufs, des pommes de terre rôties, des fèves au lard, du jambon, du bacon, des saucisses et deux rôties de pain de campagne. Je ne sais pas comment il a fait pour manger tout ça ! Quelques minutes plus tard, il m'a aussi envoyé une photo de lui et de son coéquipier Frank qui grimaçaient. Ils sont drôles.

Moi, c'est un selfie avec mon chien HD que je lui ai expédié. Mon chien s'appelle Hot-Dog, mais on l'appelle toujours HD, c'est plus court. Pas besoin de vous dire que c'est un chien saucisse ! (Le prochain chien que j'aurai, il s'appellera Beurre d'arachide. BD pour les intimes ! J'aime trop les jeux de mots !) Papa m'a dit qu'il trouvait que j'avais un très joli sourire. Ça a bien commencé ma journée !

C'est devenu un réflexe. Quand je vis quelque chose d'amusant ou que je fais quelque chose de différent, je prends une photo pour mon père. Tout l'hiver, je lui ai raconté que je glissais sur cette butte à la récréation, mais je n'avais jamais pu la prendre en photo. D'habitude, je fais bien attention pour qu'aucun adulte ne me voie avec mon téléphone à l'école, mais Ginette doit avoir des yeux bioniques. Et quand elle est venue me voir pour me réclamer mon cellulaire, j'ai refusé de le lui donner. Elle m'a menacée, elle a essayé de le prendre, je l'ai repoussée... sauf qu'il y avait une plaque de glace mouillée derrière elle. Elle a glissé et elle est tombée dans l'eau. Elle ne s'est pas fait mal (je ne l'ai pas poussée si fort que ça, quand même!), mais son pantalon était tout détrempé. C'est à cause de cet événement que je suis devant madame Johanne.

Après avoir écouté ma version des faits, la directrice hoche la tête.

—Raphaëlle, j'aimerais que tu me donnes ton téléphone maintenant.

—Mais il est à moi!

—Ginette t'a demandé de le lui remettre et tu as refusé. Là, c'est moi qui l'exige. Je ne vais pas me battre avec toi, Raphaëlle, tu le sais.

À contrecœur, je sors l'objet convoité de la poche intérieure de mon manteau et le dépose sur son bureau. Aujourd'hui, j'ai mis la coque avec un chat à lunettes. En fait, j'ai trois coques de protection différentes, que je change selon mon humeur. Ma deuxième est rose avec des brillants et la troisième représente un Minion, un de ces petits personnages jaunes avec seulement un œil. J'aimerais m'en acheter une autre avec un melon d'eau dessus parce que j'adore ce fruit.

— Quand est-ce que je vais le ravoir ?

— Lundi prochain. Et je vais aussi appeler ta mère pour l'informer de la situation. Je voudrais que tu écrives une lettre d'excuses à Ginette pour ton comportement.

Qu'elle appelle ma mère, ça me dérange plus ou moins. Elle en a vu d'autres. Mais ne pas pouvoir ravoir mon téléphone avant lundi !...

— Mais c'est dans trois jours !

— La prochaine fois, tu y penseras à deux fois avant de sortir ton téléphone sur les heures de classe. Tu iras relire le règlement à ce sujet dans ton agenda si tu l'as oublié. Ce n'est pas parce que je ne t'aime pas, Raphaëlle, mais j'espère très fort ne pas te revoir ici avant la fin de l'année.

Je sors de la pièce les épaules affaissées. Pas de téléphone pendant tout ce temps ! Une éternité ! Je sens que la fin de semaine va être longue...

Anaé

15 avril

Ce matin, avec les autres élèves de sixième année, je suis allée visiter l'école secondaire où j'irai l'année prochaine. C'est à ce moment que j'ai compris à quel point les choses allaient changer. Je crois que tout le monde s'entend pour dire qu'il y a une grosse marche entre la fin du primaire et le début du secondaire. D'un coup, on a plusieurs profs, on se promène de local en local, l'horaire des cours est différent, on est de nouveau les plus jeunes de l'école… Tout ça ne me fait pas peur. J'ai même hâte. Mais pour moi, il y aura une adaptation supplémentaire, car mon père est le directeur de l'école ! J'aime mon père, même qu'on s'adore, lui et moi, mais c'est quand même un peu bizarre…

Je n'ai jamais dit haut et fort qui était mon père, mais quand il est venu accueillir notre groupe, Justin-Émile, un garçon de ma classe, a crié: « Hey! Regardez! C'est le père d'Anaé! » Maintenant, tout le monde est au courant. En une journée, j'ai déjà vu l'attitude de certains élèves de ma classe changer. Surtout celle des tannants (comme Justin-Émile!). J'en ai même entendu un chuchoter à son ami: « Ouin, on sait pourquoi elle est acceptée dans le groupe enrichi, maintenant! » Je suis devenue rouge tomate, mais je me suis dit que ça ne valait même pas la peine de répondre. Mon père ne fait JAMAIS de favoritisme! Ça me fâche que certains le pensent. Mes notes, je les ai eues parce que je travaille fort, pas parce que mon père me fait des passe-droits.

Ce midi, Emma rageait quand je lui ai raconté ce qu'on disait à mon sujet. Emma et moi sommes voisines, mais également les meilleures amies du monde. Mon amie a toujours eu l'air d'une poupée en porcelaine avec sa peau très blanche, ses grands yeux verts bordés de cils interminables et ses longs cheveux bruns. À l'Halloween, l'année dernière, elle s'est d'ailleurs déguisée en poupée mécanique qu'on remonte avec une clé dans le dos.

À l'école, nous sommes dans des groupes différents, mais l'année prochaine, nous serons ensemble; elle aussi a été admise dans le groupe enrichi.

— Mais pourquoi tu ne leur as pas répondu?

— Qu'est-ce que ça aurait donné ? Ils m'auraient niaisée encore plus. Je veux qu'ils me laissent tranquille jusqu'à la fin de l'année.

— Déjà que ça risque de ne pas être facile pour toi l'an prochain…

— Bah ! Je ne m'inquiète pas trop. À la rentrée, ils auront d'autres choses en tête. En plus, mon père est super gentil. Ils vont l'aimer.

Oui, nous sommes très proches, mon père et moi. En fait, je n'ai que lui.

Ma mère est décédée à ma naissance. Je n'ai donc aucun souvenir d'elle. Tout ce que je sais, c'est ce que mon père m'a raconté. Elle s'appelait Midori Saitô. Elle était japonaise. Elle étudiait à l'Université McGill, à Montréal, quand elle a rencontré mon père, un soir, dans une fête d'amis. Elle n'est jamais repartie dans son pays.

Quand je me regarde dans le miroir, je pense souvent à elle. Je dois sûrement lui ressembler un peu. Je n'ai pas tous les traits asiatiques, mais mes yeux sont légèrement bridés et mes cheveux sont très foncés. Par contre, ils ne sont pas droits comme ceux des Japonais, mais ils ondulent légèrement. Je dois tenir cela de mon père qui a les cheveux aussi frisés qu'un mouton.

Les gens ont souvent pitié de moi parce que je n'ai pas de mère. C'est sûr que j'aurais aimé connaître la mienne qui avait l'air extraordinaire, mais mon père s'est toujours très bien occupé de moi. J'ai un papa maternel. Ça fait drôle à dire, non ?

Quand je regarde les pères de mes amies, je me dis que le mien est presque un extraterrestre. Il est juste TROP extra. Mon père a fabriqué les rideaux de ma chambre, il recoud mes bas quand ils sont troués, il m'a aussi appris à faire des gâteaux et de la sauce à spaghetti. C'est lui qui m'a expliqué comment on fait des bébés et ce que sont les menstruations. Quand j'ai de la peine, il me prend sur ses genoux et il me berce comme quand j'étais petite. Il me laisse souvent des petits mots dans mon lunch : « Je t'aime ! », « Passe une belle journée ! », « J'ai adoré ma fin de semaine avec toi ! », « Bonne chance pour ton examen ! Tu es la meilleure ! » J'ai gardé tous ces messages dans une enveloppe que je cache dans le tiroir de ma commode. En plus, il lui arrive parfois de m'emmener faire une virée à la librairie pour m'acheter (presque) tous les livres que je veux.

Le moment que je préfère partager avec mon père, c'est nos soirées « sushis du vendredi ». À moins d'un contretemps, nous mangeons des sushis tous les vendredis, et ce, depuis plusieurs années. Je ne sais plus comment cette tradition a commencé. Il me semble que papa a voulu me faire goûter aux sushis et je suis tombée en amour avec ce mets originaire du pays de ma mère. La plupart du temps, nous allons les chercher dans un petit resto à quelques rues de chez moi, mais parfois, il nous arrive de les faire nous-mêmes. Papa a suivi un cours et il s'est procuré tout plein de livres de recettes de sushis. On aime essayer de nouvelles sortes. On a même fait des sushis-desserts l'autre fois et c'était assez réussi.

Papa n'était pas sûr de vouloir que je fréquente « son » école. Il se doute bien que ça créera des vagues… Mais moi, j'en ai envie. Tous mes amis vont aller à cette école, et c'est celle qui est la plus proche de chez moi, en plus. Il m'a proposé de m'inscrire à l'école privée, même si ça le rendait mal à l'aise, mais ça ne me disait rien. Le directeur d'une école secondaire publique qui envoie sa fille dans un établissement privé, ça n'a pas de sens ! En plus, mon père aime son école, il n'arrête pas de vanter le travail des enseignants, il est fier des activités qu'on y propose, des différents programmes offerts. Et dans les faits, que mon père soit le directeur ne change pas grand-chose. Ce n'est pas comme s'il allait m'enseigner.

Je suis une fille qui voit d'abord le bon côté des choses. Ça ne sert à rien de se morfondre pour un oui ou pour un non. La vie est si belle, il faut en profiter ! C'est sûr que j'ai mes moments de cafard, mais je ne broie jamais du noir très, très longtemps. Si je me couche fâchée ou triste (oui, ça peut m'arriver), j'ai souvent tout oublié le lendemain matin.

Ma tante Julia m'a déjà dit que j'avais un don pour le bonheur. C'est l'un des plus beaux compliments qu'on m'ait faits. J'aime faire sourire les gens. Dès que j'en ai l'occasion, je n'hésite pas à préparer des petites surprises à ceux que j'aime. Quand je serai vieille, j'aurai sûrement les joues plus ridées que les autres femmes de mon âge parce que je souris presque tout le temps !

Comme nous sommes vendredi, c'est notre soirée père-fille. Mais ce soir, c'est aussi l'anniversaire de papa, alors j'ai pensé lui faire une petite surprise : j'ai invité ma tante Julia à venir passer la soirée avec nous.

Papa va rentrer plus tard que d'habitude, mais ça nous donne plus de temps pour mettre la maison toute belle et accrocher des décorations dans la salle à manger et au salon. Lorsqu'il m'a téléphoné pour expliquer son retard, il m'a dit qu'il devait régler quelque chose avec le concierge du soir. Je ne savais même pas que des concierges travaillaient le soir. Julia m'a informée que dans certaines grosses polyvalentes, il y en a aussi de nuit. C'est logique quand on y pense. On ne peut pas laver les tableaux ou vider les poubelles des locaux pendant les cours.

— Mais j'avais prévu le coup, m'a rassurée papa. J'ai appelé Hiroshi pour lui demander de préparer notre commande et je vais aller chercher le plateau dans quelques minutes.

— Est-ce que tu m'as pris une pizza ?

— Mais oui, ne t'inquiète pas. Il y a aussi tes sushis Corail.

J'ai fait un clin d'œil à ma tante assise à côté de moi.

— Je ne sais pas ce que j'ai, mais j'ai très, très faim ce soir. Pourrais-tu prendre un rouleau de printemps ou une petite salade en plus ?

— Il ne devrait pas y avoir de problème. J'arrive dans une vingtaine de minutes. À tantôt.

— Oui, à tantôt !

La pizza sushi, c'est quelque chose que j'ai découvert il y a peu de temps. On est loin de la pizza pepperoni fromage, en tout cas ! En fait, c'est une galette de riz frite, garnie de différents légumes et poissons, coupée en pointes, comme une pizza. J'adore ça ! J'en mangerais tous les jours ! Ce soir, je vais la partager avec ma tante. Elle n'y a jamais goûté. Ce n'est pas grave si je mange moins de sushis parce que ma tante a apporté un gâteau gigantesque. Je dois donc me garder de la place pour le dessert.

J'aime presque tous les sushis, à part les nigiris. Un nigiri, c'est tout simplement un amas de riz surmonté d'une tranche de poisson cru, comme du thon ou du saumon. C'est trop ordinaire pour moi. J'aime lorsqu'il y a plus de saveurs et de textures. Les sushis appelés « Corail » sont vraiment mes préférés. Ce sont des makis où l'on retrouve des fraises, des crevettes, de l'avocat, du caviar de poisson volant et plein d'autres ingrédients. Je salive rien qu'à y penser !

Si mon oncle et mes deux grands cousins avaient été là, c'est sûr qu'on aurait manqué de nourriture, mais ils sont allés assister à un match de hockey à Montréal. Les places en séries sont tellement difficiles à obtenir qu'ils ne pouvaient pas passer à côté de cette chance. De toute façon, même s'il n'y avait pas eu ce match, je doute que mes cousins seraient venus. Sam et Christopher ont 18 et 19 ans (ils se ressemblent tellement qu'on croirait des jumeaux!) et ne suivent plus leurs parents depuis longtemps. En plus, Sam est très souvent chez sa blonde et ma tante Julia se plaint qu'elle ne le voit plus.

La table est déjà toute mise. Comme cadeau, Julia a acheté à mon père un ensemble de vaisselle à sushis en porcelaine. Il est tout délicat, bleu pâle orné de branches de cerisiers en fleurs. C'est dans ces plats qu'on mangera ce soir. Ça va nous changer de notre ensemble blanc auquel il manque un porte-baguettes. Un jour, il a tout simplement disparu! Mon père m'a dit que c'était un lutin joueur de tours qui est venu nous le prendre. Même si j'avais 9 ans à ce moment-là, je n'ai pas cru sa petite histoire... mais je ne lui ai pas dit.

Je prends la peine d'aller me changer pour être toute belle pour le souper d'anniversaire de mon père. Je vais mettre ma belle jupe en denim effilochée qu'il m'a achetée la semaine dernière. Lorsque je ferme la porte de ma garde-robe, mes yeux se posent sur la magnifique photo de mes parents le jour de leur mariage, sur ma commode. Ma mère était si jolie! Papa chuchote quelque chose à son oreille. Les cheveux de ma mère volent au vent et elle rit tout en effleurant son collier de perles de la main. Son alliance brille à son annulaire. Je me suis toujours demandé ce que papa avait bien pu lui dire pour la faire rire ainsi. Un jour, il faudrait que je lui demande. Peut-être s'en souvient-il encore.

Je caresse le cadre du bout des doigts. « J'aurais tellement aimé que tu sois là, ce soir, avec nous. Tu n'as pas envie de revenir pour une heure ou deux, juste une fois, pour moi ? » Il m'arrive à l'occasion de parler à ma mère, même si je sais qu'elle ne me répondra pas. J'ignore si elle m'entend où elle est, mais je lui parle quand même. Ça me fait du bien.

Lorsque je redescends au rez-de-chaussée, je mets de la musique douce, du Mozart, car je sais que papa aime beaucoup. Avec Julia, nous regardons les menus de différents restaurants de la côte Est américaine et les critiques faites par certains blogueurs spécialisés. Ma tante voudrait actualiser un peu le menu de son restaurant (même si je le trouve parfait comme il est !) et elle a besoin d'inspiration. Elle prévoit visiter certains de ces restaurants cet automne. Celui de ma tante, qui appartenait auparavant à ma grand-mère, s'appelle Le Clafoutis, en l'honneur de ce délicieux dessert français. On y sert des clafoutis, évidemment, mais toutes sortes de bons petits plats aussi. Des salades colorées, des paninis exquis, des tartes fondantes, des cupcakes sucrés à souhait…

Papa entre dans la maison à 18 heures précises. D'une main, il tient un gros sac contenant notre souper, qui ne semble pas tout à fait stable, et de l'autre, son sac de cuir et une bouteille de vin qu'il a sûrement achetée en chemin. C'est ce qu'on appelle un voyage de paresseux parce qu'il s'est arrangé pour ne pas avoir à retourner dans la voiture chercher quoi que ce soit. Dire qu'il me reproche parfois de faire pareil parce qu'on risque toujours d'échapper des choses !

— Surprise ! lançons-nous en chœur lorsqu'il passe la porte.

Il écarquille les yeux et retient son souffle quelques secondes.

— Oh, oh ! Pour une surprise, c'en est toute une !

Il regarde la guirlande que j'ai fabriquée avec un « Bonne fête, papa ! » en lettres de différentes couleurs et sourit. Yé ! Je suis contente ! Il ne s'attendait pas du tout à voir sa sœur ici. Je me demandais s'il se doutait que je lui préparais quelque chose, mais son étonnement semble sincère.

Papa dépose tout sur le comptoir et me serre dans ses bras. Puis il fait de même avec Julia.

— Qu'est-ce que tu fais ici ? demande-t-il à sa sœur en lui faisant la bise.

— C'est ton anniversaire, alors Anaé m'a invitée à venir le fêter avec vous.

— Où sont Olivier et les garçons ?

— Au Centre Bell pour le match des Canadiens.

— Ah oui ? C'est vrai qu'ils jouent contre les Bruins, ce soir.

Papa n'est pas un grand amateur de hockey ni d'aucun autre sport, mais à son école, lorsque les Canadiens jouent pendant les séries éliminatoires, les élèves peuvent porter le chandail de l'équipe au lieu du polo habituel. Il est aussi au courant du calendrier des parties, ce que je trouve assez amusant d'ailleurs. Par contre, il serait incapable de nommer trois joueurs de l'équipe..., même chose pour moi !

Alors que nous allons passer à table, le téléphone cellulaire sonne. Comme mon père s'apprête à se laver les mains et que je ne suis pas loin, je réponds, comme je le fais souvent.

Numéro inconnu.

— Oui, allô ?

— Euh... allô. Est-ce que c'est bien le numéro de Laurent ?

— Oui, c'est le bon numéro. Juste un instant, je vous le passe.

Papa se rince les mains rapidement.

— C'est qui ? me demande-t-il en cherchant des yeux une serviette pour s'essuyer.

Je hausse les épaules pendant que ma tante lui tend un linge à vaisselle.

— Sais pas.

Papa prend son cellulaire en fronçant un peu les sourcils.

— Oui, bonjour ?... Ah ! Karine !... Non, non, tu ne me déranges pas...

À mon grand étonnement, il se lève et se dirige vers une autre pièce pour poursuivre la conversation en privé. Mon père ne fait jamais ça, à part les fois où il parle de mes cadeaux de Noël avec mes grands-parents. C'est louche. Qui est cette Karine ? Mon enseignante s'appelle bien Karine, mais ce n'est pas elle, j'aurais reconnu sa voix. Il me semble que mon hygiéniste dentaire porte aussi ce prénom, mais elle n'appellerait pas chez nous un vendredi soir. Bizarre...

— C'est qui, cette Karine ? me demande Julia.

— Aucune idée.

Mon père aurait-il une petite amie dont il ne m'aurait pas parlé ? Et il n'en aurait pas touché un mot à sa sœur en plus ?... Ce n'est tellement pas dans ses habitudes ! Il nous raconte presque tout. J'ai hâte qu'il revienne pour répondre à nos questions. Nous l'attendons de pied ferme... Je dis « de pied ferme », mais en fait, on s'amuse aussi. Il nous a fait des petites cachotteries et là, on vient de le découvrir.

Papa réapparaît quelques instants plus tard. Je crois qu'il est un peu mal à l'aise, car il rougit.

— C'est… c'est une amie.

Je doute. Les yeux mi-fermés, les lèvres serrées, je le regarde.

— Une amie que je ne connais pas ?

— En fait…

Il se racle la gorge. Je l'ai rarement vu aussi inconfortable. Je me retiens pour ne pas rire et je sais que Julia fait pareil.

— En fait, je ne l'ai jamais rencontrée "en vrai". On s'écrit seulement. Mais on est censés se voir la semaine prochaine.

Si je comprends bien, mon père s'est inscrit à un site de rencontres. Il ne l'a pas formulé ainsi, mais c'est ce qu'il veut dire. Ça me fait tout drôle de savoir que papa essaie de se faire une blonde. Il a bien eu une petite amie quand j'avais 6 ou 7 ans, mais ils se sont laissés rapidement. Depuis, je n'ai plus entendu parler d'aucune amoureuse. Devrais-je bientôt partager mon père avec quelqu'un d'autre ? Je suis heureuse pour lui, mais ça me fait un peu peur.

Papa se frotte les mains.

— On les mange ces sushis, maintenant ? J'ai faim !

Il essaie clairement de détourner notre attention.

Julia apporte les sushis sur la table. Papa n'a pas encore remarqué le nouvel ensemble de vaisselle. Elle occupe drôlement son esprit, cette Karine !

— Ne pense pas t'en sortir ainsi, petit frère. Je vais bien finir par te tirer les vers du nez, l'avertit Julia avant de se servir à son tour.

Papa se dépêche de prendre un maki et l'avale d'une seule bouchée pour éviter de lui répondre. Moi, je ne suis pas capable de le faire, ma bouche est trop petite. Au mieux, je peux manger un maki en deux bouchées. Voilà pourquoi il y a toujours des morceaux d'avocat ou de concombre qui tombent dans mon assiette.

Ce n'est qu'au troisième sushi que mon père regarde ses baguettes, son assiette, et qu'il fronce les sourcils.

— C'est nouveau, ça ?

Je pouffe de rire avec Julia. Il est trop drôle, mon père !

Raphaëlle

25 avril

Aujourd'hui, nous sommes chez papa. Et je dis bien CHEZ papa et non pas AVEC papa, puisqu'il est parti fêter la retraite du père de sa nouvelle blonde. Les enfants ne sont pas invités. C'est un souper d'adultes seulement, alors moi, je garde Adrien. D'accord, garder est un bien grand mot. En fait, nous sommes tous les deux seuls à la maison. Papa a fait réchauffer une pizza congelée, il a loué un film de « pow pow » à mon frère et il est parti en disant qu'il n'allait pas revenir tard.

— S'il y a quoi que ce soit, j'ai mon cell !

Vraiment, ça ne pouvait pas être pire. Et moi qui pensais qu'on aurait peut-être pu aller au cinéma ou faire un tour de vélo ! Là, je ne peux pas me sauver parce que je dois surveiller Adrien, même si je sais qu'il restera scotché dans le fauteuil du salon pour les deux prochaines heures.

Plus les semaines passent, plus je déteste cette Tania. Je ne sais pas ce que papa peut bien lui trouver. Maman est cent fois mieux ! Tania ne sait même pas parler. Elle dit « si j'aurais » et « ils sontaient ». Même mon frère qui n'a que 9 ans parle mieux qu'elle ! Papa dit que ce n'est pas de sa faute si elle n'est pas allée longtemps à l'école et qu'elle redouble d'efforts pour ne plus faire d'erreurs. En tout cas, elle a beaucoup de pain sur la planche…

Ding !

C'est mon téléphone. Je le sors de ma poche. Papa m'a envoyé un texto.

J'espère que tu n'es plus fâchée.

Je ne réponds pas. Je n'ai pas le goût.

Demain, je vous emmène faire de l'escalade.
Ça te dit ?

Cette fois, j'écris quelques mots.

Avec ou sans Tania ?

Sans.

Oui, ça me tente ! À plus tard.

Yé ! Papa nous emmène rarement faire de l'escalade. C'est tout un spécial lorsqu'on y va. Parmi nous trois, je suis celle qui est capable de monter le plus haut et le plus vite. Je retrouve un peu de ma bonne humeur, car même si ma soirée est ennuyante, la journée de demain sera franchement plus excitante. Papa veut sûrement se faire pardonner.

Il a bien senti que je n'étais pas contente qu'il s'absente ce soir. On le voit si peu. Je m'ennuie de lui. S'il n'avait pas rencontré cette Tania, aussi... C'est elle qui est venue tout gâcher. Avant qu'il commence à sortir avec elle, on s'était fait une petite routine, on apprenait à vivre juste tous les trois. Si Tania était sympathique, la situation serait différente, mais elle n'aime pas les enfants. Ça se voit tout de suite. Et je l'ai entendue le dire au téléphone à l'une de ses amies. Elle avait juste à se trouver un chum sans enfant. Ça tombe mal, mon père en a deux.

Adrien et moi, on a gagé qu'ils ne seraient pas six mois ensemble. C'est surtout qu'on ne VEUT PAS qu'ils restent ensemble. Il y a deux mois qu'ils sont en couple, et c'est déjà trop. Ce n'est pas une femme pour lui. Il faudrait lui trouver quelqu'un d'autre. C'est ça ! Oui, oui, c'est ce qu'il faut faire : lui trouver une nouvelle blonde qu'on aime !

Je cours jusqu'au salon.

— Adrien, mets ton film sur pause.

Il ne quitte pas l'écran des yeux.

— Attends, le gars va s'évader de la prison. Regarde, je suis sûr qu'il va tuer plein de méchants. Ça va être coooooool !

Je m'assois à côté de lui et j'attends que « le gars » avec des muscles gonflés s'échappe pour pouvoir parler à mon frère. Je veux avoir toute son attention lorsque je lui dévoilerai mon plan.

Comme Adrien l'avait prédit, « le gars » (je crois qu'il s'appelle Bruce, le nom typique d'au moins cent héros de films américains) s'empare du fusil d'un gardien et tire sur tout ce qui bouge. Il délivre ensuite la fille à la grosse poitrine enfermée dans la cellule voisine et s'enfuit dans une voiture sport de l'année, qu'il a volée, bien entendu ! Je ne sais pas pourquoi les gens aiment ce genre de films. Ils se ressemblent tous et l'action est tellement prévisible !

Je prends une photo de mon frère avec mon cellulaire et l'envoie à mon père accompagnée du message suivant :

> Si on se fie à Adrien, ce film remportera un Oscar.

Papa me répond tout de suite avec un émoticône sourire.

Adrien appuie finalement sur le bouton « pause ».

— Bon, qu'est-ce que tu veux ? demande-t-il d'un air blasé.

— Hey, change de ton avec moi !

Il me lance un regard de feu.

— Je peux repartir mon film aussi. Je ne suis pas obligé de t'écouter.

— Oui, tu es obligé. Tu sauras que c'est moi qui te garde, alors c'est moi qui décide. C'est papa qui l'a dit.

— Pfff !

Je serre les poings. Je dois absolument me calmer et changer d'attitude. Je n'arriverai à rien si je me chicane avec lui. Mon frère a beau me taper royalement sur les nerfs, je dois piler sur mon orgueil si je veux qu'il collabore un peu.

Je vais à la cuisine et je reviens avec un gros muffin au chocolat.

— On fait la paix, d'accord ?

Je prends sa main et j'y dépose le muffin.

— Tiens, voilà ton deuxième dessert. Je ne dirai rien à papa. Je sais que tu as tout le temps faim.

Il me regarde, regarde le muffin, puis mord dedans à belles dents.

Je m'assois à côté de lui et l'observe faire plein de miettes sur le divan. Il faudra que je lui dise de les ramasser avant le retour de papa, sinon c'est moi qui me ferai chicaner.

— Je veux te parler de quelque chose d'important. C'est au sujet de papa et Tania.

— Une fille qui mange des sandwichs fraises-mayonnaise, qui change de couleur de vernis à ongles trois fois par semaine, qui est un vrai moulin à paroles, c'est trop pour moi.

— Si on essayait de trouver une nouvelle blonde à papa ?

Adrien fronce les sourcils. Il ne s'attendait pas du tout à ce que je lui dise ça.

— Qu'est-ce qu'on fait de celle qu'il a déjà ?

Je hausse les épaules.

— Pas besoin de faire grand-chose. Si papa rencontre une femme plus intéressante que Tania, il la laissera tomber.

— Tu penses vraiment qu'on peut trouver une nouvelle amoureuse à papa ? Tu rêves !

— Pourquoi tu dis ça ? On pourrait essayer au moins !

Adrien se cale dans le fauteuil en riant.

— On n'est pas dans un film. Il devinerait tout de suite ce qu'on est en train de faire. Il est policier !

— Ah ! Tu es tellement plate, Adrien Perron !

Je vais dehors et j'attrape le ballon qui traîne dans le gazon. Papa a ressorti le panier de basket-ball du garage la fin de la semaine dernière. Dépenser un peu d'énergie me fera le plus grand bien pour arrêter de penser à ce que m'a dit mon idiot de frère. De toute façon, je n'ai pas besoin de lui. Je suis capable de me débrouiller toute seule. J'ai 12 ans après tout !

Je reste dehors jusqu'au coucher du soleil. Je drible toute seule dans l'entrée de la cour et j'essaie de marquer des paniers. Je suis grande, ce devrait être un avantage pour ce sport, mais je ne suis pas douée. C'est frustrant. J'ai beau être à deux mètres du panier, je manque mon coup presque chaque fois. Moi qui pensais me calmer, je suis encore plus fâchée que tantôt !

Après avoir raté mon douzième lancer, je finis par botter le ballon le plus loin possible. Ouille ! C'est que c'est dur, un ballon de basketball !

Je m'assois dans l'entrée. L'asphalte est encore chaud. Je prends mon cellulaire pour jouer à un jeu que j'ai téléchargé ce matin. Ça, c'est plus relaxant. J'aimerais pouvoir échanger des textos et parler avec une amie, mais je n'en ai aucune. De la maternelle à la cinquième année, je me tenais avec Rose Poulin, mais elle a déménagé au mois d'octobre de l'année dernière. Son père est militaire et il a été transféré à Vancouver, à l'autre bout du pays. Ils y resteront au moins deux ou trois ans, et après, ce n'est pas sûr du tout qu'ils reviendront habiter ici.

J'ai eu beaucoup de difficulté à accepter son départ. Je savais que ça pouvait arriver, mais j'aimais mieux ne pas y penser. Rose, elle, était toute contente d'aller vivre en Colombie-Britannique.

— Je vais apprendre l'anglais ! Quand je reviendrai, je serai *full* bilingue ! Et je vais voir les Rocheuses, c'est cool !

Je me suis rendu compte que si je la considérais comme ma meilleure amie et qu'elle était importante à mes yeux, ce n'était peut-être pas réciproque... J'ai été extrêmement déçue, et triste aussi. Une peine d'amitié, ça fait mal. Personne n'en parle, mais je suis sûre que c'est aussi douloureux qu'une peine d'amour, même si je n'en ai encore jamais vécu une.

— Ne t'inquiète pas ! On va s'envoyer des courriels, on va se voir sur Skype, ce sera comme avant, m'a-t-elle dit avant de partir.

Ça, c'était avant que j'aie mon téléphone, sinon elle aurait pu ajouter qu'on allait s'envoyer des textos. Finalement, on s'est parlé deux fois sur Skype et ça a été tout. La deuxième fois, j'ai même remarqué qu'elle se donnait un petit accent anglophone. Il n'y avait qu'un mois qu'elle avait déménagé, elle exagérait franchement ! Après ça, j'ai essayé de l'appeler, mais elle ne m'a plus répondu. C'est sûr qu'il y a un décalage horaire de trois heures entre ici et là-bas, alors ça complique un peu la vie, mais j'ai bien compris qu'elle était passée à autre chose. Depuis son départ, j'essaie de me greffer à des petits groupes, parfois de filles, parfois de garçons, mais je me sens toujours un peu à part. Ce n'est pas comme avec Rose. J'espère que je me ferai de nouveaux amis au secondaire. En fait, UNE vraie amie, ce serait suffisant !

Dans la rue, une voiture ralentit et me fait un appel de phares. Je me lève d'un bond et j'ai la surprise de constater que papa est revenu. Il n'est pas encore 20 heures... Ce n'est pas normal qu'il soit là si tôt. Le connaissant, je l'attendais plus vers 22 ou 23 heures.

Je le laisse se stationner. Il est seul dans la voiture. Tania doit être restée là-bas...

— Salut ! Tu es revenu de bonne heure, non ?

— Ouais...

Hum... Ce n'est pas dans ses habitudes d'être si peu bavard.

— Tania n'est pas là ?

Quelle question nouille, je le vois bien ! Il ne l'aurait sûrement pas cachée sous un siège ou dans la valise ! Papa passe la main dans ses cheveux, comme s'il cherchait quoi me répondre.

— Non. Elle et moi, c'est fini.

Et il se traîne les pieds jusqu'à la porte, sans m'attendre. Ah ben ! Je ne m'attendais pas du tout à ça ! Je le suis dans la maison en me posant plein de questions.

Papa se laisse tomber sur le sofa, à côté d'Adrien qui termine son film. Je ne sais pas si je devrais lui parler ou pas… Je reste là, plantée à côté d'eux, sans savoir quoi faire. Je pourrais aller me coucher tout de suite, mais je n'en ai pas envie. On n'a pas d'école demain, après tout.

Après quelques minutes, papa lève les yeux et me fait signe de venir le rejoindre avec un sourire crispé. Je vais m'asseoir sur ses genoux et il m'enserre de ses bras.

— Est-ce que tu es triste ?

Il me serre plus fort.

— Un peu, dit-il d'une voix rauque. Mais ça va passer.

— Qu'est-ce qui est arrivé ?

Papa soupire et fixe l'écran de télévision quelques instants.

— C'est un peu compliqué... Mais je me suis rendu compte que ce n'était pas une fille pour moi. Et pas une belle-mère pour vous non plus.

Même s'il n'en dit pas plus, je comprends que c'est lui qui a mis fin à leur relation. Peut-être s'est-elle permis un commentaire de trop à notre sujet. Elle parle tellement !

Je savais que papa s'ouvrirait les yeux tôt ou tard, mais je ne pensais pas que ce serait aussi vite. Je garde tout de même mon projet de lui faire rencontrer quelqu'un d'autre. Maintenant que Tania n'est plus dans le décor, ça va me rendre la tâche plus facile.

— Est-ce qu'on va toujours faire de l'escalade demain ? On peut rester à la maison, si tu veux. Ça ne me dérange pas.

C'est sûr que j'aimerais mieux y aller, mais je ne veux pas qu'il se sente obligé.

— Pas question de rater ça. On va même aller manger une méga poutine après, qu'est-ce que tu en dis ?

— Oh oui ! Une poutine au porc effiloché, OK ?

— J'en salive déjà.

Adrien, concentré sur la fin de son film, n'a rien entendu de notre conversation. Papa lui annoncera sûrement la nouvelle lorsqu'il ira le border plus tard. Pour l'instant, Bruce est en train de sauver le monde du dernier méchant et mon frère n'a d'yeux que pour lui.

Je l'aime, mon papa. J'aimerais tellement le voir chaque jour comme avant !

Anaé

30 avril

— Est-ce que tu pourrais me passer le sel, Annie ?

— C'est Anaé, grand-maman, pas Annie.

Ma grand-mère a la maladie d'Alzheimer. Sa mémoire s'envole peu à peu. C'est triste. Elle me reconnaît à peine maintenant, et pourtant, on se voit au moins une fois par semaine. Parfois, elle pense que je suis Julia, sa fille. C'est la première fois qu'elle m'appelle Annie… Je ne sais pas si elle connaît (ou connaissait) une Annie. Il faudrait que je le demande à mon père lorsque nous serons seuls tous les deux.

Grand-papa a prévenu mon père qu'il ne serait bientôt plus capable de s'occuper d'elle. Ma grand-mère devra donc aller vivre dans un centre spécialisé. Elle ne le sait pas encore et ne comprend pas qu'elle est malade. Ou elle l'oublie, je ne sais pas. Mon grand-père doit avoir le cœur brisé. Il y a quarante ans qu'ils sont mariés ; ça doit être épouvantable de voir l'amour de sa vie mourir à petit feu. J'ai beau chercher le bon côté des choses, il n'y a pas d'espoir pour ma grand-mère, malheureusement.

Ce soir, papa et moi, on garde ma grand-mère. Ça fait vraiment drôle à dire, mais c'est vrai. Grand-papa a rendez-vous chez le dentiste et il ne peut pas la laisser seule. Elle n'est même plus capable de se faire à manger. La dernière fois, elle a failli mettre le feu à la maison parce qu'elle a oublié d'éteindre le rond sous la casserole. Il y avait de la fumée partout dans la cuisine quand mon grand-père s'en est aperçu. Et dire qu'elle a été propriétaire d'un restaurant presque toute sa vie… Il y a cinq ans, elle a passé les rênes à ma tante Julia, mais jusqu'à récemment elle allait encore aider les jours où c'était très occupé. Elle faisait les meilleurs clafoutis du monde !

Parfois, ma grand-mère ne reconnaît plus l'endroit où elle vit et sort de la maison pour « rentrer chez elle ». Maintenant, il y a des clochettes suspendues à toutes les portes pour qu'on soit averti si elle essaie de se sauver.

Mes grands-parents habitent à trois coins de rue de chez nous. Papa et moi on arrête souvent pour leur parler quelques minutes quand on fait une marche. J'aime aller dans la chambre du grenier où mon père a grandi. Tout est intact depuis qu'il a quitté la maison il y a un peu plus de vingt ans.

C'est drôle à dire, mais ça sent le vieux, ici. Je sais que tout est propre, mais il y a toujours une odeur aigre et sucrée qui flotte dans l'air. Dit ainsi, ça semble désagréable, mais ça ne l'est pas tant que ça. Pour moi, c'est devenu une odeur rassurante.

Ce soir, nous mangeons du pâté chinois. J'en redemande deux fois tellement je le trouve bon. Ma grand-mère adore ça (c'est sa recette, après tout !), mais ce soir, elle n'en veut pas.

— J'aime pas, dit-elle en repoussant son assiette, comme une enfant capricieuse.

— Mais maman, tu en manges tout le temps, d'habitude.

— Non, je n'aime pas ça.

Je pense savoir pourquoi elle a une soudaine aversion pour le pâté chinois. Je me penche vers mon père et je chuchote :

— Je l'ai vue mettre du sel trois fois. Ça ne doit plus être bon.

Elle a dû oublier qu'elle avait ajouté autant de sel.

— Qu'est-ce que vous complotez encore ?

Je sursaute. Je crois que je n'ai jamais vu ma grand-mère fâchée. Elle est toute douce en temps normal.

— Maman, on ne complote rien, lui répond mon père. Anaé me disait simplement qu'elle croit que tu as mis trop de sel.

Elle pince les lèvres.

— Ce n'est pas vrai ! C'est toi qui en as trop mis quand tu as préparé le pâté chinois.

Elle se lève brusquement et se dirige vers le salon… où se trouve aussi la porte d'entrée ! Mon père reste sur ses gardes. Si jamais elle décidait de sortir seule, il faudrait qu'il la rattrape. Mais non, elle s'assoit et allume la télévision.

Je joue dans mes patates pilées avec le bout de ma fourchette. Je suis tout à l'envers de voir que la maladie la mine autant. La grand-maman que je connais ne ressemble pas du tout à celle avec laquelle j'étais assise ce soir à table.

— Ne t'inquiète pas, ma petite fleur, ce n'est pas de ta faute.

— Je sais.

— C'est sa maladie qui provoque ce genre de crise. Elle a l'impression que tout change autour d'elle, que nous sommes tous de mèche. Ce n'est pas une bonne journée. Tu n'es pas obligée de finir ton assiette si tu n'as plus faim.

Effectivement, je n'ai plus très envie de manger. J'aide mon père à desservir la table.

— Est-ce que je peux retourner à la maison ?

— Grand-papa va arriver d'ici une demi-heure, tu ne veux pas l'attendre avec moi ?

— J'aimerais mieux rentrer. Je ne me sens pas bien.

— D'accord. Je te rejoins bientôt. S'il y a quoi que ce soit, appelle-moi.

Je prends ma veste et, avant de sortir, je me demande si je devrais aller embrasser ma grand-mère. Elle ne sait même pas qui je suis, alors qu'est-ce que ça change si je le fais ou non ? Mais c'est ma grand-mère. Sûrement qu'à l'intérieur de sa tête, quelque part, elle se souvient encore un peu de moi.

— À bientôt, grand-maman, lui dis-je en déposant deux becs sur ses joues sillonnées de rides.

Elle lève la tête, le regard vide. Elle semble chercher qui je suis.

— À bientôt, Annie, me répond-elle en serrant mes mains entre les siennes.

Il me faut seulement quelques minutes pour parvenir jusqu'à ma maison. Sur le chemin, je m'amuse à ne pas marcher sur les lignes du trottoir. C'est un jeu que j'aimais beaucoup quand j'étais petite, mais j'y joue encore parfois pour me désennuyer.

Je regarde chez Emma, qui habite la maison juste à côté de la mienne. Ses parents paient un paysagiste pour entretenir le terrain. Même s'il vient à peine de commencer à pousser, leur gazon est aussi beau que celui d'un terrain de golf ! Le nôtre va être envahi de pissenlits sous peu. Papa dit qu'il n'a pas de temps ou d'argent à perdre avec ces saletés de fleurs jaunes. Mais il reste que c'est très laid.

Mon amie est justement dehors, toute seule, dans le spa familial. Je le sais parce que je l'entrevois entre les lattes de sa clôture, sous la lumière extérieure. Je pense qu'elle y passe bien plus de temps que ses parents ! Ils travaillent tellement, ils n'ont pas le temps d'en profiter. Ils sont tous les deux agents d'immeubles et s'absentent souvent le soir. C'est Noémie, la grande sœur d'Emma, qui veille sur elle.

Emma est en train de lire. Elle a remonté ses longs cheveux bruns en un chignon au-dessus de sa tête. Quelques mèches rebelles tombent le long de ses joues. Emma peut parfois mariner longtemps ainsi avec un bon livre. Il y a même une radio intégrée dans le spa, c'est trop cool !

— Allô !

— Hey ! Va enfiler ton maillot et viens me rejoindre.

— Non... je suis fatiguée et je veux avoir le temps de prendre ma douche et de sécher mes cheveux avant d'aller au lit. Je déteste me coucher les cheveux mouillés.

— Tu n'as qu'à prendre ta douche demain matin ! Allez, reste un peu avec moi.

Ah ! Qu'est-ce que je ne ferais pas pour ma meilleure amie !

— Bon, je me trempe juste les pieds quelques minutes et après je rentre. Si papa ne me voit pas à la maison, il va me chercher.

Hier, j'ai passé la soirée chez elle à écouter des petits films sur YouTube et aujourd'hui on a marché ensemble pour aller à l'école et en revenir. Elle est même restée chez moi jusqu'à ce que je parte chez mes grands-parents. Je ne me tanne jamais d'être avec Emma. On a toujours des choses à se dire, elle et moi ! Ce n'est pas ma meilleure amie pour rien !

J'enlève mes chaussettes et mes chaussures, je monte les petites marches en plastique et je m'assois sur le rebord du spa pour rouler le bas de mon jeans.

—Qu'est-ce que tu lisais ?

—Une bande dessinée que j'ai empruntée à mes parents. C'est un chat qui fait plein de jeux de mots rigolos.

—Ah oui ? Ça s'appelle comment ?

—*Le Chat*.

—Original ! L'auteur a dû se casser la tête pendant des semaines avant de trouver ce titre.

On se met à rire toutes les deux. Quelle ironie, quand même !

L'air s'est rafraîchi un peu. Au loin, le ciel affiche différentes teintes de rose, comme si quelqu'un faisait de l'aquarelle dans les nuages.

Mes idées s'éparpillent.

—Ça ne va pas ? me demande Emma. Tu n'as pas l'air dans ton assiette.

—Bof. Je reviens de chez mes grands-parents. Ma grand-mère va de plus en plus mal.

—Oh, ça ne doit pas être facile... Au moins, tu as de beaux souvenirs avec elle. Moi, mes deux grand-mères sont décédées avant ma naissance.

Je ne m'en souvenais plus, mais les détails me reviennent tout à coup. Les deux femmes sont mortes le même jour ! Et les parents d'Emma se sont rencontrés au salon funéraire ! C'est spécial quand on y pense… C'est loin d'être un lieu romantique !

Emma et moi, nous sommes voisines depuis toujours, mais je crois que je n'ai jamais vu ses deux grands-pères, qui sont pourtant bien vivants. Ils ne font pas autant partie de sa vie que mes grands-parents à moi. Comme ma mère n'était plus là, ma grand-mère Jeanne et ma tante Julia l'ont un peu remplacée. C'est sûrement pour ça que l'état de ma grand-mère brasse autant d'émotions chez moi.

— Changement de sujet, sais-tu ce que tu feras cet été avec ton père ?

— Non, on n'en a pas encore parlé. On est allés à Toronto l'été dernier, à Martha's Vineyard l'été d'avant, il me semble que j'aurais envie d'aller dans un endroit où je pourrais parler français cette fois-ci.

Emma rit de moi… gentiment, bien sûr !

— Comme si tu parlais anglais ! Tu as de la difficulté à dire trois mots de suite !

Je l'éclabousse.

— Parce que tu penses que tu es meilleure que moi ?

— Hey, je n'ai jamais dit ça. Et fais attention, ça se joue à deux ce petit jeu-là. Je te rappelle que c'est moi qui suis en maillot de bain !

Elle a raison. C'est 1 à 0 pour Emma.

— Et toi ? Tes parents vont-ils prendre des vacances pour une fois ?

— Une semaine. Et ils m'ont présenté ça comme un cadeau. Wow !

Elle lève les yeux au ciel.

— Ah oui, ajoute-t-elle, justement… je vais aller deux semaines dans un camp à Ottawa pour apprendre l'anglais. Ils m'ont annoncé la nouvelle hier.

— Alors tu vas devenir *full bilingual* ?

— Ouais, en quatorze jours, c'est sûr…

— Et dans LA semaine de vacances de tes parents, ferez-vous quelque chose de spécial ?

— Ils ont parlé du Mexique…

— Encore ! Et en plein été ? Il fait déjà 30 °C au mois de juillet ici, pourquoi aller dans le Sud ?

— Ils sont peut-être en manque de palmiers et de *tequila*. De la mer aussi. Je ne sais pas.

Ce n'est un secret pour personne, les parents d'Emma sont assez fortunés. Ils vont au Mexique, à Cuba ou en République dominicaine au moins deux fois par an. Mon amie a aussi visité plusieurs pays d'Europe, la chanceuse. Elle est plus que chanceuse, mais elle ne se vante jamais. Surtout pas devant moi !

Il faudrait que je reparle à papa de nos vacances d'été. Il se peut qu'on reste ici, aussi. Ça ne me dérangerait pas. Dès qu'on passe du temps ensemble, papa et moi, je suis heureuse !

Raphaëlle

12 mai

Les adultes qui ne me connaissent pas se méprennent souvent sur mon compte. Comme je suis très active et que je n'ai pas la langue dans ma poche, ils sont convaincus que je n'ai pas de cervelle et que je suis poche à l'école. C'est un préjugé tellement répandu ! Qui a dit qu'on n'avait pas le droit d'être sportif ET intelligent ? Le sport n'abrutit personne, au contraire ! Il stimule les neurones. Quand je sors cette phrase, les gens me regardent parfois avec de grands yeux écarquillés et ne rajoutent rien.

Je suis parmi les bons élèves de mon groupe. Et je serais peut-être même LA meilleure si j'étudiais un peu plus. Mais les mots de vocabulaire, la conjugaison, les divisions et les multiplications, c'est si ennuyant ! J'aime cent fois mieux jouer dehors quand je reviens de l'école. Rester assise sur une chaise pendant des heures, c'est un vrai supplice pour moi. J'ai beau me dégourdir les jambes à la récré, ce n'est pas assez.

Cet après-midi, notre prof, Sylvie, nous a fait la liste de ce qu'on devait réviser pour les examens de fin d'année. Je ne pensais pas qu'on avait vu autant de choses depuis le mois de septembre ! Ce soir, je devrais étudier, mais je n'en ai pas du tout envie. Je sais que je ne serai pas capable de me concentrer. Il fait trop beau. C'est la première vraie belle journée de printemps, il faut que j'en profite.

Max, qui habite dans l'appartement du rez-de-chaussée, m'a donné rendez-vous dans une quinzaine de minutes, dans le stationnement, pour jouer au hockey. On devrait être au moins cinq ou six. Je préfère le soccer, mais les garçons du quartier ont décidé que ce serait du hockey ce soir, alors je vais les suivre.

En entrant, je dépose mon sac à dos sur mon lit et me dirige vers la cuisine pour prendre une pomme dans le frigo. Maman est assise à la table et coupe des légumes pour faire ce qui semble être une soupe. Une soupe, beurk ! C'est en hiver qu'on en mange, pas à ce temps-ci de l'année. C'est plutôt le moment pour faire des hot-dogs ou des brochettes sur le BBQ ! Mais je garde mes commentaires pour moi. Maman est un peu susceptible. Il ne faut pas trop critiquer ses soupers quand on n'aime pas ça. Si c'est bon, on peut la féliciter autant de fois qu'on veut, mais si c'est mauvais ou qu'on n'a pas envie de manger le plat au menu, on a intérêt à le garder pour soi. Même Adrien l'a compris.

— Salut !

Je me mets en petit bonhomme à côté de mon chien qui sommeille aux pieds de ma mère.

— Allô, mon beau HD. Tu dors encore, gros paresseux ?

Il grogne dans son sommeil, mais il n'ouvre même pas un œil. Maman regarde le chien allongé sur le sol et me sourit.

— Allô, ma sauterelle. Tu as passé une belle journée ?

— Pas si pire.

La radio est ouverte et j'entends une chanson des Cowboys Fringants. Je les aime, eux ! Je me relève et croque dans ma pomme en me dandinant. Bon, quel genre de soupe allons-nous manger ? Oignons, champignons, poivrons, carottes… Je me tourne vers le comptoir et je vois deux grosses boîtes de conserve de tomates. Yé ! Je me suis trompée ! Ce n'est pas de la soupe que ma mère prépare, c'est de la sauce à spaghetti ! Dès qu'il y a des pâtes, j'aime ça. J'en mangerais tous les jours !

Je donne un bec à ma mère et j'attrape mon bâton de hockey dans l'armoire-débarras de la cuisine. On y range plein de trucs qui n'ont aucun lien entre eux : la nourriture pour le chien, mon ballon de soccer, les parapluies, le petit coffre à outils de ma mère, des boîtes de mouchoirs, l'arrosoir pour les plantes, une chaise de camping… Il faut faire bien attention au moment d'ouvrir la porte parce qu'il y a toujours un objet qui menace de nous tomber dessus.

Je sors mon cellulaire de ma poche et je me prends en photo avec mon bâton. Je l'envoie à mon père et j'ajoute « Hockey time ! » à mon message. On ne s'est pas beaucoup parlé cette semaine. J'espère qu'il a un meilleur moral que lorsqu'on est partis de chez lui pour revenir chez maman.

— Je m'en vais jouer dehors avec Max.

— Attends un peu, Raphaëlle…

Oh, oh… Je me retourne en souriant exagérément.

— Oui, maman ?

— As-tu des devoirs, de l'étude à faire ?

— Euh… Pas vraiment.

Je suis une mauvaise menteuse. Ma mère lit immédiatement sur mon visage que je ne dis pas la vérité.

— J'aimerais que tu m'apportes ton agenda, s'il te plaît, Raphie.

Elle continue d'éplucher sa carotte, comme si de rien n'était. Je n'ai pas envie de faire mes devoirs. Je trouve que mes journées à l'école sont déjà assez longues comme ça. J'ai le cerveau en bouilli à force de rester assise toute la journée, d'écrire, de compter, de réfléchir... Il y a beaucoup de bruit dans ma classe aussi, ça me donne le tournis. Des fois, j'aurais envie de me lever et de crier: « Taisez-vous ! » Mais si je le faisais, je me retrouverais assurément dans le bureau de la directrice. Moi, je bouge toujours mes jambes quand je suis assise à mon bureau, ou alors je presse ma balle de stress en forme de cœur pour m'occuper les mains, mais ça ne dérange personne.

— Mais maman, Max m'attend. Et il fait super beau dehors. Je vais faire mes devoirs après souper, je te le jure.

— Après le souper, on n'a pas le temps, on doit aller acheter tes polos pour l'année prochaine.

— Mais on ira demain !

— On ne peut pas y aller demain. Il n'y avait que deux soirs pour faire les essayages et les achats : hier soir ou ce soir.

— Mais je n'ai pas besoin de les essayer. Tu connais déjà ma grandeur, tu peux y aller sans moi.

— D'une compagnie de vêtements à l'autre, les grandeurs sont très variables. On parle quand même des polos que tu porteras pendant cent quatre-vingts jours au cours de la prochaine année scolaire ! Il me semble aussi qu'il y a des choix de couleurs. Si je n'achète pas la bonne chose, tu ne vas pas manquer de te plaindre. Tu m'accompagnes, je ne te laisse pas le choix.

— Grrahh ! Je ne peux jamais faire ce que je veux !

Je donne un coup de pied sur la patte de la table. Maman sursaute et se râpe le bout du doigt avec le couteau-éplucheur.

— Aïe !

Instantanément, son doigt se met à saigner. Elle le met dans sa bouche et se lève pour aller chercher un linge et arrêter le saignement.

Biscuit ! Qu'est-ce que je viens de faire ? Pourquoi faut-il toujours que je sois si impulsive ? Ce n'est pas la fin du monde si je ne peux pas aller jouer au hockey avec les garçons, je me reprendrai demain ou après-demain, ils sont presque toujours là. À cause de moi, maman vient de se couper. Je m'en veux terriblement.

Quelques minutes plus tard, maman revient à la cuisine avec un pansement. Je suis assise à la table, mon cahier de maths devant moi. Elle jette un coup d'œil dans ma direction.

—Je m'excuse, maman. Je n'aurais pas dû donner un coup contre la table. C'est le seul moyen que j'ai trouvé pour me défouler. Je sais que ce n'était pas correct.

—Il me semble qu'on a eu cette conversation cent fois, Raphaëlle. Tu dois apprendre à mieux gérer tes émotions.

—Oui, je sais. Madame Johanne me l'a dit aussi.

Maman soupire.

—L'année prochaine, tu seras au secondaire. Le directeur ne sera sûrement pas aussi compréhensif que madame Johanne. Si tu ne suis pas les règles, tu iras en retenue ou on t'expulsera de la classe. On pourrait te mettre en dehors du programme multisports. Déjà que ça a été difficile que tu y sois admise compte tenu de tes "écarts de comportement"... On pourra même te convoquer lors des journées pédagogiques.

— Ils n'auront pas le droit de faire ça ! Ce sont des journées de congé !

— Tu demanderas à Marie-Ève, qui est prof depuis dix ans. Elle te le confirmera. Elle n'enseigne pas à Grand Héron, mais les écoles secondaires fonctionnent à peu près toutes de la même manière.

Marie-Ève, c'est la meilleure amie de ma mère. Elle enseigne les sciences dans une grosse polyvalente de deux mille élèves ! Ma future école est beaucoup plus petite. Il n'y a que cinq cents élèves.

Grand Héron, tu parles d'un nom pour une école ! Il paraît qu'elle a été baptisée ainsi parce que la bâtisse est située près d'un marécage où vivent beaucoup de ces oiseaux majestueux. Quand j'ai fait des recherches sur Internet, j'ai aussi vu qu'en mathématiques, il existe la formule de Héron pour trouver l'aire d'un triangle. Drôle de hasard, quand même.

Peut-être que Marie-Ève se trompe. Et rien ne dit que mon école secondaire applique ces mêmes sanctions. Mais maman a raison, il faut que je me contrôle mieux. C'est si difficile pour moi ! J'ai l'impression de me battre contre moi-même. Je ne veux pas mal faire, mais sur le coup de l'émotion, je ne pense pas aux conséquences de mes gestes ou de mes paroles. Ma bouche, mes bras ou mes jambes s'activent avant même que j'y aie pensé, alors je regrette souvent ce que je dis ou ce que je fais.

—Raphie, on en a déjà parlé, mais je pense que là, je ne te donnerai pas le choix...

Ah non ! Pas encore ça ! Je sais déjà ce qu'elle va me dire et je n'ai pas envie de l'entendre.

—Il faudrait vraiment aller consulter un psychologue pour qu'il t'évalue. Je crois de plus en plus que tu as un déficit d'attention avec hyperactivité.

—Je n'ai PAS de déficit d'attention. Ceux que je connais ont beaucoup de difficultés à l'école et moi, je suis super bonne !

—Ça ne veut rien dire. Trouves-tu normal que tu échappes toujours ton verre de lait à table, que tu oublies ton sac à lunch à la maison, que tu coupes souvent la parole, que tu aies de la difficulté à rester en place, que tu aies manqué de te faire renverser deux fois en traversant la rue cette année ? Et c'est sans compter que tu t'emportes toujours pour des riens.

Je prends une grande inspiration.

—Es-tu en train de faire la liste de mes défauts ?

Maman me prend les mains. Elle est toute calme, sûrement pour m'aider à le rester moi aussi.

—Non, pas du tout. Je ne veux pas te dénigrer, je veux t'aider. Je vais appeler ton père ce soir.

Il n'était pas chaud lui non plus à l'idée de consulter, mais je crois que je vais mettre mon pied à terre. Tu commences le secondaire d'ici peu, j'ai envie que ça se passe bien pour toi, ma Raphinette. Là, je t'avoue, je suis un peu démunie.

— Tu veux juste que je prenne des pilules. C'est évident, tu es pharmacienne !

— Rien ne dit que tu aurais besoin de médicaments. On verra. Premièrement, il faut faire une évaluation. Ensuite, on parlera des résultats avec le psychologue et ton pédiatre.

Je rumine intérieurement, mais je ne dis rien. Ça servirait à quoi ? Je vois bien que son idée est faite. Elle m'en a souvent parlé, mais aujourd'hui, elle semble déterminée à ce que je voie un psychologue. Je n'ai pas l'impression que je pourrais la faire changer d'avis. Et pour être bien franche, je rouspète, mais j'aimerais quand même savoir ce qui se passe chez moi. Je voudrais comprendre pourquoi je réagis comme ça, mais pas besoin d'aller voir un spécialiste pour autant.

Maman fait dorer du bœuf haché et des oignons dans unc grosse casserole, et y ajoute tous les autres légumes qu'elle a coupés et les tomates en dés. Elle prend des épices dans une armoire et en saupoudre la sauce. Ça sent déjà bon.

J'ai de la difficulté à me concentrer sur mes devoirs. Je pense à trop de choses en même temps. Maman baisse le feu et met le couvercle sur la casserole.

—Allez, fais une petite demi-heure de devoirs et leçons, et après, tu auras encore un peu de temps pour aller rejoindre les garçons dehors. Moi, je vais chercher Adrien au service de garde. La sauce va mijoter tout doucement, ne touche à rien, d'accord ?

Ce n'est pas du tout mon intention. Quand maman va partir, je vais appeler papa pour tout lui raconter. Je suis sûre qu'il me comprendra, lui.

Anaé

23 mai

Quand j'étais petite, au sous-sol, il y avait un piano enseveli sous les livres et les piles de feuilles. Il était tout vieux. Parfois, je m'amusais à pianoter pour le plaisir. Les sons qui sortaient de l'instrument me faisaient rire.

Un jour, j'ai vu un film dont je ne me souviens pas du titre, où un enfant jouait du piano. Il jouait très bien en plus. J'étais fascinée. Je regardais ses doigts parcourir le clavier à une vitesse vertigineuse. Pour moi, il était magicien. Ce soir-là, je suis descendue au sous-sol, j'ai déposé tous les livres et toutes les feuilles par terre, et j'ai essayé de jouer avec un doigt. Papa est venu me rejoindre quelques minutes plus tard et s'est assis sur les marches pour me regarder… et m'écouter.

— Aimerais-tu suivre des cours ?

— Ce piano est brisé. Il fausse, ai-je répondu.

— Non, il n'est pas brisé, il est seulement désaccordé. C'était le piano de Midori, tu savais ?

Le piano de ma mère ? Non, papa ne me l'avait jamais dit. Il prenait tout à coup une nouvelle valeur à mes yeux. J'ai caressé les touches doucement. Ma mère y avait posé ses doigts. Elle s'était assise sur ce banc, et elle avait joué, sûrement pendant des heures et des heures. Sans que je sache pourquoi, j'ai eu envie de pleurer.

— Oui, je veux suivre des cours. Je commence quand ?

C'était il y a deux ans. Depuis, tous les samedis après-midi, je vais à l'école de musique La Clé de sol pour mon cours de piano. Le piano de ma mère a été accordé et on lui a fait une belle place dans le salon. Je m'exerce environ trente minutes tous les jours. Parfois un peu plus, parfois moins... Même si j'aime jouer, il y a des jours où je préfère écouter de la musique plutôt que d'en faire.

Aujourd'hui, c'est mon examen annuel pour savoir si je change de niveau. J'ai d'abord un test de solfège et ensuite je dois jouer une pièce au choix et une pièce imposée. Il y a des semaines que je répète ces deux morceaux. J'ai hâte que l'examen soit derrière moi pour pouvoir jouer d'autres choses !

L'année dernière, c'était la première fois que je passais l'examen. J'étais un peu stressée, mais beaucoup moins qu'aujourd'hui. En fait, je ne suis pas si stressée que ça, mais je n'ai pas hâte à l'évaluation à cause de la « juge ». La dame qui m'a évaluée l'année dernière était tellement froide, un vrai bloc de glace de l'Antarctique ! Aucun sourire, aucun encouragement. On aurait dit que son visage était complètement figé. C'est encore elle qui sera là cette fois-ci. C'est Guy, mon professeur, qui me l'a dit. Lui ressemble un peu à mon grand-père. Il a enseigné la musique toute sa vie dans une école secondaire et, à sa retraite, il s'est mis à donner des cours privés, simplement parce qu'il aime ça. Lui-même joue à merveille. Parfois, à la fin du cours, je lui demande de jouer une de ses compositions. Il a énormément de talent, je ne comprends pas pourquoi il n'a jamais essayé d'être un musicien professionnel et de faire des albums. Quand je lui dis ça, il rit, mais il ne me répond jamais.

Je suis en train de faire des gammes quand papa vient me rejoindre.

— Anaé, je ne pourrai pas t'accompagner pour ton examen, me dit-il en grimaçant.

— Comment ça ?

— Je viens d'avoir un appel du magasin de meubles. Les livreurs viendront cet après-midi, mais ils ne peuvent pas me dire l'heure exacte.

Papa a acheté un nouveau frigo cette semaine, car le nôtre ne fonctionne plus très bien. Il avait demandé qu'on le livre ce matin, mais on dirait bien que ce ne sera pas le cas.

— Je suis vraiment désolé.

— Qui viendra avec moi, alors ?

— J'ai demandé à Julia, c'est correct ?

— D'accord…

J'aime beaucoup ma tante Julia, mais c'est sûr que j'aurais été plus rassurée si mon père m'avait accompagnée. Quand je suis un peu énervée, il n'a qu'à me jeter un regard bienveillant et je me calme tout de suite. J'ai souvent l'impression que mon père est mon phare. Moi, je suis un bateau qui navigue dans le brouillard et lui me guide, de loin.

Mon amie Emma est jalouse de ma relation avec mon père. Elle est beaucoup moins proche du sien et elle m'envie.

— Et il te berce quand tu as de la peine, chanceuse !

Ça a beaucoup marqué Emma quand je lui ai dit que mon père me berce parfois, lorsque je ne vais pas bien. Je ne sais pas pourquoi elle en fait tout un plat. Ça m'apaise, c'est tout. Je me sens toute petite dans ses bras. Et si moi je suis toute petite, papa est presque un géant! Il dépasse tout le monde d'au moins une tête... et moi de trois! Il me dit souvent que le temps a passé vite, qu'il s'ennuie de l'époque où j'étais bébé, alors que je dormais sur son ventre en suçant mon pouce.

Mais bon, même si papa ne sera pas là, je sais qu'il pensera à moi!

Je sors à moitié en sueur du petit local où s'est déroulée mon évaluation, mais finalement, tout s'est plutôt bien passé. Madame Bloc de glace m'a même dit que je m'en étais bien sortie. Est-ce que ça lui aurait brûlé la langue de me féliciter? Mais ce n'est pas grave, je ne comptais pas fêter avec elle de toute façon. Je lui ai fait mon plus beau sourire et je suis sortie en sautillant.

—Bravo, ma cocotte! s'exclame ma tante d'une voix suraiguë lorsque je lui annonce la bonne nouvelle.

Elle me serre dans ses bras si fort que je manque d'air.

—Je suis fière de toi! Tu es tellement bonne! Je le disais encore à Laurent cette semaine quand on s'est parlé.

Je colle ma tête contre son épaule. Elle sent bon. Il faudrait que je lui demande le nom de son parfum, j'aime tant cette odeur si douce, si enveloppante.

Nous rentrons à la maison dans sa petite Coccinelle rouge avec la musique à tue-tête. Il y a une fleur (artificielle) dans un compartiment du tableau de bord, j'ai toujours trouvé que c'était super. J'ai un père cool, mais j'ai aussi une tante cool. Ça doit être de famille !

J'avais tellement hâte que cet examen soit derrière moi ! Je suis en train de faire une *overdose* d'examens. En plus de celui-ci, j'en ai plein à l'école. Vivement les vacances ! Chaque matin, en me levant, je mets un X sur mon calendrier. Ça m'encourage.

La voiture est à peine arrêtée dans la rue en face de chez moi que je sors en courant pour aller rejoindre mon père. Julia me suit de près.

— Papa ! Papa ! J'ai réussi !

Dans la cuisine, je découvre notre tout nouveau frigo, mais surtout un grand vase rempli de belles roses. Mon père, qui lisait son journal, vient à ma rencontre.

— Félicitations, ma grande ! Je savais que tu réussirais.

—Wow ! Elles sont super belles, ces fleurs ! Merci beaucoup !

Je ne sais pas quand il les a achetées puisqu'il ne pouvait pas sortir de la maison, mais j'ai l'impression qu'il a eu un (ou plutôt une) complice…

—J'ai une autre surprise pour toi, ajoute-t-il.

Je ne m'attendais pas à autant de belles attentions aujourd'hui.

—On n'a pas beaucoup parlé de ce qu'on ferait cet été…

—On n'est pas obligés de faire quelque chose de spécial, tu sais. Juste de me lever tard le matin, c'est super. Et on peut squatter le spa d'Emma autant qu'on veut !

—Je sais tout ça, mais j'ai pensé à un endroit où nous ne sommes jamais allés.

—Ah oui ? Où ça ?

—Regarde dans l'enveloppe sur la table.

Papa fait un clin d'œil à Julia qui semble déjà être au courant de ses petites manigances. C'est une enveloppe normale, blanche, sans sigle particulier. Elle n'est pas cachetée, mais il y a mon nom en lettres majuscules à l'avant, à côté d'un petit bonhomme sourire (papa essaie de faire jeune, parfois !).

J'ai le sentiment que je vais trouver quelque chose de très spécial à l'intérieur, sinon il ne ferait pas tous ces chichis. Je ne sais pas du tout à quoi m'attendre. Où pourrions-nous voyager cet été ? Aux Îles-de-la-Madeleine, à Old Orchard, à l'Île-du-Prince-Édouard, à Sandbanks ? Aurait-il décidé d'aller dans le Sud, comme les parents d'Emma ?

Je retiens mon souffle et j'ouvre cette mystérieuse enveloppe pour découvrir... deux billets d'avion pour Paris !

— Aaaaah ! On va vraiment à Paris ? La ville de Paris... en France ?

— Mais oui, ce Paris-là, confirme-t-il en souriant. Tu es contente, alors ?

— Mets-en ! C'est la première fois de ma vie que je vais traverser l'Atlantique. Wow ! Je n'en reviens pas.

Je saute au cou de mon père qui me soulève de terre pour me faire tournoyer. Ma tante a les larmes aux yeux. Je suis tellement heureuse ! J'ai l'impression de vivre un rêve. Vivement l'été pour découvrir la Ville Lumière ! Wahou ! Je vais à Paris ! Il faut que je dise ça à Emma !

Raphaëlle

4 juin

Aujourd'hui commence la fin de semaine annuelle des ventes-débarras de notre ville. Chaque année, les résidants sortent leurs vieilleries dehors (certaines ne sont même pas si vieilles que ça) en espérant se faire quelques dollars. C'est la première fois que papa y participe. Je pense qu'il a vidé la moitié du sous-sol ! J'irai le visiter plus tard avec maman. Elle et moi partons à la chasse aux aubaines pour meubler un peu l'appartement et notre « éventuelle nouvelle maison ». Maman aimerait bien trouver une petite table pour le salon, un cadre pour sa chambre, une machine à coudre et, évidemment, quelques livres. Ma mère est une très grande lectrice. Papa lui avait acheté une liseuse électronique avant leur séparation, mais elle dort dans le tiroir de sa commode depuis ce temps. Elle déteste ça. Elle dit que le seul inconvénient des livres papier, c'est que ça prend de la place !

Adrien a décidé de rester avec papa, même s'il n'est pas censé être chez lui aujourd'hui. Mon petit frère n'avait pas le goût de nous suivre, et papa lui a dit qu'il recevrait une partie des recettes s'il lui donnait un coup de main. Il n'avait pas réellement besoin d'aide puisque son frère, qui habite dans un rang de campagne, a apporté plein d'objets à vendre lui aussi. À deux, ils auraient été capables de s'en sortir. Je pense que papa avait tout simplement envie de passer une journée entre gars. Il a pris un selfie avec Adrien et mon oncle Vincent devant leurs tables garnies d'objets de tous genres. Je réponds pour l'agacer :

> N'oublie pas la crème solaire.

Papa a attrapé un coup de soleil d'enfer l'autre jour quand il est allé courir. Il avait l'air d'un homard trop cuit lorsqu'il est revenu.

Même si mon frère ne nous accompagne pas, il nous a fait sa liste de demandes : des jeux pour sa Xbox et des Lego. Moi, je ne cherche rien de particulier. Si je tombe sur quelque chose d'intéressant, j'ai un peu d'argent de poche. Dans le cas où j'en manquerais, maman m'achètera peut-être ce que je veux… tant que je suis raisonnable, bien sûr ! Maman a les poches pleines de monnaie. Elle dit que c'est le meilleur truc pour négocier. J'ai bien hâte de la voir à l'œuvre, ça risque d'être amusant.

Je suis contente de passer la journée seule avec ma mère. Ce matin, on s'est levées très tôt et maman a décidé de faire un petit spécial.

— Est-ce que ça te dirait d'aller déjeuner au restaurant, entre filles ? m'a-t-elle demandé lorsque nous avons toutes les deux été habillées.

— C'est sûr !

Au restaurant, j'en ai profité pour mettre plein de Nutella sur mes rôties (maman ne veut pas qu'on en achète à la maison) et j'ai pris un grand chocolat chaud (que je n'ai même pas été capable de boire en entier). Mmm ! C'était bon !

Même s'il est seulement 8 h 30, les rues sont pleines. Il y a des voitures stationnées partout et plusieurs personnes marchent dans la rue en emportant leurs nouveaux achats. Ici, un homme transporte un tricycle rouge sur son épaule, là une dame tire une brouette pour enfants remplie de jeux de société et de casse-tête. Les vendeurs sourient, se font invitants, tandis que les acheteurs scrutent les tables qui s'offrent à eux, étudient leur contenu et manipulent la marchandise.

Sur le terrain d'une petite maison de briques blanches, une dame que je ne connais pas accoste ma mère. Elle semble être une cliente de la pharmacie. Ce n'est pas la première fois que ça arrive. Comme les gens viennent chercher leur prescription une fois par mois, et parfois plus souvent encore, ma mère finit par les connaître et être au courant de tous leurs petits et gros bobos. Je sens que ça va être long, alors je me dirige vers l'entrée d'une cour où se dressent deux grandes tables d'objets à vendre. Vaisselle, machine à café, matériel de camping, haut-parleurs, vêtements pour enfants, il y a de tout.

Soudain, je bute sur quelque chose. Ce n'est pas étonnant que ça arrive, il y a des objets qui traînent partout ici, même sur le sol. Tiens, c'est un patin à roues alignées. Il a l'air presque neuf et oh, surprise ! c'est une taille 8, en plein ma grandeur ! Je l'essaie pour vérifier. Il me va très bien, c'est super confortable. Moi qui demande justement des patins à mes parents depuis longtemps, je suis sûre qu'on pourrait les avoir à bon prix. Je fais de grands signes de bras à ma mère pour qu'elle vienne me rejoindre. On dirait bien qu'elle a de la difficulté à terminer la conversation…

Il faut que je trouve le deuxième patin si je veux les acheter… Quelqu'un l'a peut-être déplacé. Je me penche sous la table et j'arrive nez à nez avec une autre fille... qui tient le patin manquant dans une main.

— Est-ce que tu pourrais me donner ce patin, s'il te plaît ?

— Euh... C'est que j'allais te demander la même chose.

Biscuit ! Elle veut acheter ma paire de patins ! Je sais que ce n'est pas encore MA paire de patins, mais elle le sera dans quelques minutes. Je me redresse et elle se lève à son tour. Cette fille doit avoir à peu près mon âge. Elle a les cheveux et les yeux noirs. Elle me regarde avec un air un peu gêné.

Il faut que je garde mon calme. Je serre les poings très fort pour mieux me contrôler et je me force pour parler d'un ton conciliant.

— Je voudrais acheter ces patins.

— Moi aussi je veux les acheter. Et je suis pas mal certaine que je les ai vus avant.

Elle commence à m'énerver celle-là ! J'essaie de me contrôler pour ne pas exploser, mais c'est vraiment difficile.

— Je ne pense pas. J'étais là en premier.

Je tiens le patin contre ma poitrine pour lui montrer que j'y tiens. Je la regarde avec de gros yeux. Peut-être vais-je être capable de la mettre mal à l'aise pour qu'elle me les laisse… Elle a l'air hyper crispée, mais ne semble pas vouloir lâcher prise.

Ma mère arrive à ce moment-là.

— Tu voulais me parler, Raphaëlle ?

— Ouais. Je voudrais acheter cette paire de patins.

— Bonne idée ! Mais où est le problème ?

— ELLE aussi les veut, dis-je en désignant l'autre fille de la tête. Elle dit qu'elle les a vus avant et moi je dis le contraire.

— Oh !…

Un homme qui semble être son père s'approche à son tour. Il a les bras chargés de livres.

— Tu as trouvé des patins, Anaé ? Super, on va pouvoir en faire ensemble !

— Oui, mais…

Elle pointe son menton vers moi en levant les yeux au ciel. Son père comprend rapidement.

— OK, je vois.

Il dépose ses livres dans le gazon, passe la main dans ses cheveux et regarde ma mère en souriant. Et… ma mère lui rend son sourire ! Serait-il en train de lui faire du charme ? Je me rapproche de ma mère et je grommelle entre mes dents : « Je les veuuuuuux. » Maman fait comme si elle n'avait rien entendu et continue de sourire. Le père de cette Anaé ne semble pas trop embarrassé. Il se penche vers sa fille.

— Chérie, donne-lui l'autre patin. On t'en trouvera peut-être ailleurs, sinon j'irai t'en acheter des neufs.

Elle soupire et remet le patin à son père sans ajouter un mot. Maman fronce les sourcils.

— Non, non, c'est nous qui vous laissons les patins. Ce n'est pas plus grave que ça, hein, Raphie ?

Elle me prend, ou plutôt m'arrache des mains l'objet de convoitise, et le tend vers eux.

— Mais non, répond le père.

— Si, si, j'insiste, rajoute ma mère.

— Moi aussi, j'insiste. Gardez-les.

Il y a quelques minutes, on voulait toutes les deux ces patins. Et maintenant que nos parents se mettent de la partie, ils s'obstinent pour ne pas les prendre. On ne s'en sortira jamais !

— Et si on tirait ça à pile ou face ? propose ma mère en sortant une pièce d'un dollar de sa poche.

— Bonne idée ! C'est correct pour vous, les filles ?

Je pense que je n'ai pas trop le choix… Je hoche la tête à regret. Anaé acquiesce aussi.

— Je prends pile, soupire-t-elle.

— D'accord, je prends face.

Maman lance la pièce, la rattrape et finalement… C'est pile ! Biscuit ! J'ai perdu. Et moi qui étais toute contente de ma découverte ! L'autre fille sautille de joie en criant : « Yahou ! » C'est ça, tourne le fer dans la plaie pendant que tu y es.

— Bon, eh bien, j'espère que tu retrouveras des patins aujourd'hui, me souhaite le père. Il y a tellement de choses à vendre ici, tu as de bonnes chances.

— Merci à vous, lui dit ma mère.

— Non, c'est moi qui devrais vous remercier.

Ça y est ! Ça recommence ! Je jette un coup d'œil rapide à celle qui rayonne de bonheur. J'espère que les vendeurs, que nous n'avons pas encore vus, lui demanderont un prix exorbitant.

Je m'éloigne sans dire au revoir. À quoi bon ? Je ne connais même pas ces gens qui vont repartir avec *mes* patins…

Je vais m'asseoir sur le bord du trottoir. Je piétine le sol pour me changer les idées et faire passer ma frustration. Pourquoi ma mère n'arrive-t-elle pas ? Je me retourne et je vois qu'elle discute ENCORE avec le père de cette Anaé. C'est drôle, sa fille a des traits asiatiques, mais lui non. Elle est peut-être adoptée.

Je prends mon téléphone dans la poche arrière de mon short et je texte mon père.

J'avais vu une super belle paire de patins à roulettes, mais une autre fille les a achetés avant moi. Suis déçue et fâchée.

Il ne faut que quelques secondes à mon père pour me répondre.

Tu portes quelle grandeur ?

Des 8, pourquoi ?

Ton oncle vient de me dire qu'Alex a justement apporté des patins trop petits. Tu pourrais les essayer.

Demande-lui de les mettre de côté, on verra.
À tantôt. XXX

À tantôt, ma puce ! XXX

Finalement, je vais peut-être avoir des patins, moi aussi... Mon cousin Alex a le même âge que moi, mais il est beaucoup plus grand. Il doit me dépasser d'au moins dix centimètres. C'est un petit géant ! Hmm, ses patins seront sûrement trop grands.

Ah ! J'ai hâte de m'en aller d'ici. Que fait ma mère encore ?

Je me retourne et je mets mes mains en porte-voix pour qu'elle m'entende mieux.

— Maman ! Est-ce que tu viens ?

— J'arrive, j'arrive, me répond-elle en envoyant un petit signe de la main à son don Juan.

On est venues magasiner des meubles et des objets pour l'appartement, pas un chum, quand même !

Anaé

8 juin

Cette semaine, nous avons des examens tous les jours, sauf vendredi. Je compte les dodos d'ici la fin de l'année. Encore onze jours et c'en est terminé pour moi de l'école primaire ! C'est une grande étape de ma vie. Ça ne me fait pas peur. J'ai surtout très hâte.

Ce matin, papa m'a permis d'aller à l'école en patins à roues alignées. Nous les avons achetés ce week-end dans une vente-débarras. J'ai failli ne pas les avoir, car une grande blonde qui avait l'air d'avoir à peu près mon âge les voulait aussi. Finalement, j'ai été chanceuse ; c'est moi qui ai remporté le tirage au sort. Je crois que ce sont des patins de garçons, car ils sont blancs et bleus, mais ça ne me dérange pas. L'important, c'est qu'ils roulent bien ! Je me suis entraînée toute la journée de dimanche et c'est comme si j'en faisais depuis des années ! J'ai un bien meilleur sens de l'équilibre que je le pensais.

Papa a eu l'air de trouver la mère de cette fille pas mal de son goût. C'en était même un peu gênant. Oh que j'étais mal à l'aise ! En quelques minutes, ils ont parlé de magasins de sport, de fleurs (mon père devait être tombé sur la tête !), de livres, aussi. Papa en a acheté toute une pile et cette femme en avait lu plusieurs. Elle était jolie et aimable ; tout le contraire de sa fille qui était franchement détestable.

Quand on est enfin partis, je n'ai pas pu m'empêcher d'agacer mon père :

— Elle t'intéresse ?

— Qui ça ? m'a-t-il répondu en rougissant.

— Papa ! J'ai bien vu qu'elle te faisait de l'effet.

— Elle était sympathique, c'est tout.

— Oui, oui, je te crois, ai-je répliqué en tirant sur ma paupière, l'air de dire : "Mon œil !" Un peu plus et tu lui aurais demandé son numéro de téléphone.

Il n'a rien répondu.

Oui, je suis sûre que si je n'avais pas été là, et si cette femme n'était pas allée rejoindre sa fille, il le lui aurait demandé.

— J'y pense, tu n'es pas censé sortir avec Karine ?

— Karine est très gentille, mais… comment dire ? Nous allons en rester là.

Qu'est-ce que mon père peut être cachottier quand il veut ! Je crois qu'il hésite à me parler de ses relations amoureuses…

Emma n'a pas de patins, mais elle m'a accompagnée en vélo ce matin. Il nous a fallu deux minutes pour arriver à l'école, alors que le trajet nous en prend généralement dix quand on est à pied. Nous avons mis nos sacs à lunch dans nos sacs à dos pour ne pas avoir à les tenir dans nos mains, mais j'ai fait craquer les coutures de mon sac en essayant de le zipper. Hon ! C'est dommage, papa va devoir m'en acheter un nouveau pour le secondaire. De toute façon, j'en veux un comme celui d'Emma. Il est tellement beau et, surtout, il a tout plein de poches. Il va falloir que je lui demande où ses parents l'ont trouvé.

Quand j'ai replacé mes cahiers dans mon sac, j'ai vu que papa avait collé un petit mot sur mon agenda. Il a écrit : « Bonne journée, ma belle petite fleur ! » Un petit mot doux comme celui-ci, ça commence tellement bien la journée !

Madame Karine (ma prof, pas la Karine de mon père) a déjà corrigé l'examen de lecture que nous avons passé la semaine dernière. Quand elle vient me dire ma note, j'en tombe presque par terre : 96 % ! Wow ! C'est un exploit ! Je suis habituée à avoir des notes dans les 90 %, mais là, ce résultat dépasse mes espérances. Je pense que j'ai la note la plus élevée de la classe, mais je ne vais pas me promener de bureau en bureau pour demander leur note aux autres.

À côté de moi, Arielle s'effondre quand notre enseignante lui dit son résultat. Elle cache sa tête entre ses bras et se met à pleurer à gros sanglots. Oh non ! Ce n'est pas ma grande amie, mais je n'aime pas voir les gens tristes autour de moi.

Pendant que madame Karine se dirige vers les autres élèves, je me penche vers elle et je mets la main sur son épaule doucement.

— Il ne faut pas que tu t'en fasses. Ce n'est pas si grave. Tu ne vas pas rater ton année à cause d'un seul examen.

Arielle relève la tête. Son visage est tout rouge et ses yeux sont bouffis.

— Oui, mais mon père va me chicaner !

Et elle recommence à pleurer de plus belle.

— Si tu lui expliques, il comprendra sûrement.

— Pfff ! Ça m'étonnerait. Il m'a menacée de m'enlever mon vélo et de m'interdire de jouer à l'ordinateur pendant tout l'été si je n'ai pas un beau bulletin.

Ouf! Toute une conséquence, effectivement. Que puis-je répondre à ça?

— Euh... Dis-toi que ta note finale comprendra aussi les résultats de tes autres examens de français. Ça ne paraîtra pas trop.

— Tu penses?

— Oui, oui, je te le dis. Ne t'inquiète pas.

J'espère pour elle qu'elle a eu de meilleurs résultats avant...

Deux rangées plus loin, je remarque que Thomas, un garçon de ma classe, me fixe alors que je suis en train de consoler Arielle. On dirait qu'il est dans la lune. Quand il se rend compte que je l'observe, il sursaute, penche la tête et retourne à son cahier d'exercices. Ça me fait sourire.

Thomas est un garçon hyper gentil. Il est plein d'entrain et il sourit tout le temps, un peu comme moi! On ne se parle pas souvent, mais on s'est toujours bien entendus. Il lui manque deux doigts à la main gauche et il est parfois la cible de moqueries de la part d'élèves comme Justin-Émile et sa gang. Une chance qu'il a de bons amis pour le défendre. Non mais, il faut tellement être stupide pour rire d'une personne handicapée! En plus, c'est à peine si on le remarque. Il a de la difficulté à attacher ses lacets, mais le velcro existe, n'est-ce pas ? Je ne sais pas exactement comment il a perdu ses doigts, mais c'est à la suite d'un accident.

Ce n'est pas la première fois que j'ai l'impression que Thomas m'observe. C'est dommage qu'Emma ne soit pas dans ma classe, elle aurait pu l'espionner pour vérifier si j'ai raison. Je ne sais pas s'il sera à la même école que moi l'an prochain. Il joue beaucoup au hockey et il me semble qu'il a passé les examens pour des écoles qui ont des programmes sportifs. De tous les garçons qui sont en sixième année avec moi, c'est avec lui que j'aimerais le plus rester en contact. Et il est pas mal beau... Je ne sais pas s'il s'intéresse à moi ou si j'imagine des choses... S'il voulait sortir avec moi, je ne dirais pas non, mais jamais je n'oserais faire les premiers pas.

En revenant à la maison à la fin de la journée, je repense à ce que m'a dit Arielle. Son père doit être très sévère. Ce n'est pas le mien qui réagirait comme ça. Jamais il ne me chicane quand j'ai de mauvais résultats. Il arrive parfois qu'il soupire fort et soit un peu découragé, surtout quand c'est un examen de maths, car il était prof de mathématiques avant d'être directeur, mais il m'encourage au lieu de me réprimander. Les seules fois où je peux dire que mon père me gronde, c'est lorsque je suis trop insistante pour avoir quelque chose (comme les belles boucles d'oreilles en argent que je voulais l'an dernier ; je lui en parlais tous les jours et il a fini par se tanner et hausser le ton) ou quand je ne ramasse pas mes affaires dans la maison. Mais c'est rare.

Tiens, en parlant de mon père, il est déjà à la maison. Je laisse mes patins sur la galerie, j'ouvre la porte moustiquaire et j'entre en coup de vent.

— Allô ! C'est moi !

— Je suis dans ma chambre, me crie-t-il du premier étage.

Je monte les marches deux par deux et je vais le rejoindre. Il est en train de plier du linge. Je me jette sur son lit super moelleux et je m'étire pour lui donner un bec.

— Tu as passé une belle journée ?

— Oui, j'ai eu 96 % à mon examen de lecture !

— Wow ! Je suis fier de toi. Tu bats tous les records ! s'exclame-t-il avec un bas dans chaque main.

— Tu es arrivé tôt. C'est rare que tu sois là avant moi. Est-ce qu'il y a une raison spéciale ?

— J'avais une réunion à la commission scolaire qui s'est terminée plus tôt que prévu. J'ai décidé de prendre congé le reste de l'après-midi pour une fois.

— Tu prends congé pour plier des bas ?

Il rit.

— C'est une manière de voir les choses !

Je l'aide à venir à bout de tous les vêtements du panier et je vais ranger les morceaux qui sont à moi dans ma commode. Ça va beaucoup plus vite à deux !

— Sais-tu quoi ? me dit papa alors que je sors de ma chambre. J'aurais envie de changer d'air. Que dirais-tu qu'on aille à ce nouveau resto de sushis au centre-ville ? Après, on pourrait aller dire un petit bonjour à grand-papa et grand-maman.

— Mais on n'est même pas vendredi ! Les sushis, c'est toujours le vendredi, d'habitude.

— Ce n'est pas un problème ! On en mangera vendredi aussi ! Alors, qu'est-ce que tu en penses ?

— Je dis que c'est une super idée !

Je monte en vitesse dans ma chambre mettre ma plus belle jupe pour l'occasion !

Ce nouveau restaurant est très joli. La décoration est toute simple et l'ambiance, feutrée. C'est un restaurant où on ne parle pas trop fort. Il y a un magnifique bonzaï près de l'entrée. Je me demande quel âge il peut bien avoir. Il paraît que certains de ces arbres ont plus de 100 ans ! C'est drôle parce que, dans le personnel, il n'y a pas beaucoup d'Asiatiques. Les sushis sont tellement à la mode depuis quelques années que les maîtres sushis ne sont plus nécessairement des Japonais.

Il y a plusieurs couples autour de nous, mais aucun enfant à part moi... Quoiqu'à 12 ans, je pense que je peux dire que je suis une adolescente, maintenant ! Ce sont plus les adultes qui aiment les sushis habituellement. Le poisson cru, ou même le poisson tout court, ne fait pas partie des aliments préférés des jeunes. Si on demande à mes amis ce qu'ils préfèrent manger, ils vont tous répondre de la pizza, du poulet, de la lasagne. Il n'y a qu'Emma qui ait des goûts un peu plus particuliers. Ce qu'elle aime par-dessus tout, c'est le homard avec beaucoup de beurre à l'ail. Sa mère est originaire de la Gaspésie, alors ça s'explique facilement. Sinon, elle raffole aussi du risotto. Je ne savais pas ce que c'était avant qu'elle me fasse goûter un midi à l'école. Tout le monde autour de la table chialait en disant que ça sentait le vomi, car il y avait plein de parmesan dedans. Ce n'était pas mauvais. Un peu pâteux, mais très goûteux. Je n'ai pas touché aux champignons, par contre. Je n'aime pas ce légume. C'est spongieux. Beurk !

La serveuse, une belle et grande jeune femme prénommée Dylanne (c'est bien drôle comme prénom, ça ; et c'est un prénom de garçon, non ?), prend notre commande. Comme souvent, papa demande :

— Servez-nous votre spécialité, vos meilleurs sushis.

— Mais ils sont tous bons, monsieur !

— Sûrement, mais il y en a toujours certains auxquels le chef réserve une petite touche spéciale, vous voyez ce que je veux dire ?

Elle referme son calepin et fait un clin d'œil à mon père.

— Je vais lui demander directement, ce sera mieux ainsi.

Lorsqu'elle est hors de portée de voix, je pouffe de rire. Papa me dévisage, il n'a pas l'air de comprendre.

— J'te dis que tu fais de l'effet aux femmes, toi ! Karine, la femme rencontrée à la vente-débarras, la serveuse… Elle est toute jeune, en plus !

— Ben voyons ! Tu exagères, comme toujours.

— Hmm. Je ne suis pas si sûre que ça, moi !

Il hausse les épaules et prend une gorgée de saké. Même si je blague, je n'ai pas envie que papa se fasse une petite amie. On se débrouille très bien tous les deux.

— Et puis toi, mademoiselle, pas de prince charmant en vue ?

Euh… Je pense que c'est la première fois qu'il me pose ce genre de question. Je n'ai jamais parlé de garçons avec lui. Même si je sais que je peux tout dire à mon père, je suis un peu mal à l'aise. Sans le vouloir, je pense à Thomas. J'aimerais tant qu'il vienne à mon école l'an prochain !

Nous parlons de tout et de rien quand je vois, à travers la vitrine du restaurant, la mère de la fille avec qui j'ai rivalisé pour les patins à roues alignées ! Elle sort de la pharmacie d'en face et se dirige vers sa voiture. Je suis sur le point de le dire à mon père, mais comme j'ouvre la bouche, je choisis de me taire. S'il l'a trouvée de son goût, il voudra probablement sortir pour aller lui parler. Il lui demandera peut-être aussi son numéro de téléphone. Mais la fille de cette femme est tellement détestable, je n'ai aucune envie que mon père crée des liens avec elle.

Quand je vois la voiture s'éloigner, j'ai un petit pincement au cœur. J'aurais peut-être dû lui dire et le laisser décider... Mon père sait faire de bons choix. Mais je n'ai pas le loisir de me tourmenter longtemps, car les sushis arrivent et mon estomac prend le dessus sur mes pensées.

Raphaëlle

15 juin

Le soccer est commencé depuis maintenant deux semaines. Notre équipe s'appelle Les Comètes. Notre entraîneuse dit que c'est parce qu'on est « des petites vites ». Personnellement, je ne dirais pas ça de toutes les filles de l'équipe. Certaines joueuses se donnent pas mal plus que d'autres. Je fais clairement partie de celles qui se défoncent pendant les exercices et les parties.

Nous avons nos entraînements le lundi et nous jouons contre d'autres équipes le jeudi. Cette année, notre chandail est bleu foncé. L'an dernier, il était blanc. En fait, il était blanc au début de l'été, mais à la fin de la saison, il l'était beaucoup moins. Une tache de gazon par-ci, un cerne de ketchup par-là, sans oublier une trace de pissenlit et quelques gouttes de sang. Maman a d'ailleurs appelé papa à plusieurs reprises, car il n'avait pas frotté les taches assez vigoureusement. Du coup, elles ne partaient plus. Tout ça pour dire que ma mère est drôlement contente de la nouvelle couleur de nos t-shirts !

J'ai le même numéro que les années passées : le 3 ! C'est mon chiffre chanceux. Je suis née le troisième jour du troisième mois, c'est-à-dire le 3 mars. Ce qui est super drôle, c'est que la date d'anniversaire de mon frère est le 12 du douzième mois. C'est tout un hasard, quand même !

Pour revenir au soccer, j'étais contente de retrouver certaines filles de l'équipe, mais pas toutes…

Il y a une partie des joueuses que je côtoie pendant l'année scolaire, car elles fréquentent mon école, mais il y en a d'autres que je ne vois que l'été, parce qu'elles habitent la ville d'à côté. Je réside dans une petite municipalité et il n'y a pas assez de joueuses pour faire une équipe complète, alors on nous jumelle avec la ville voisine.

Sarah et moi, une autre fille de l'équipe, on forme un duo d'enfer ! Moi, je fais de belles feintes et j'anticipe à merveille les coups de nos adversaires. Je suis presque toujours là au bon moment. Quant à Sarah, elle court vite et a un botté super précis. On s'entend bien toutes les deux, dans la vie comme sur le terrain. Sarah a un an de moins que toutes les joueuses de l'équipe. On l'a montée en U12 (ma catégorie) parce qu'elle était très bonne. Elle est tellement grande en plus, la différence d'âge ne paraît pas du tout. Elle a même des hanches et des seins comme une femme et elle n'a pas 12 ans encore ! Elle a ses menstruations et moi, je ne les ai toujours pas.

Ce soir, toutes les deux, on a mis la gomme. On était en grande forme ! J'ai compté trois buts et Sarah, deux. On a gagné 5 à 0. Ça n'arrive pas toutes les semaines, alors on savoure notre victoire.

Marie-Josée, notre entraîneuse, nous a apporté des sucettes glacées et nous sommes toutes assises dans le gazon à tenir nos bâtonnets de bois. Adrien est super content quand il vient, puisqu'il y en a toujours pour les frères et sœurs des joueuses. Je pense même qu'il m'accompagne juste pour cette raison ! Parfois, nous jouons près d'un parc avec des modules et il peut s'amuser avec d'autres enfants, mais certains terrains sont situés au milieu de nulle part et il se tourne alors les pouces en attendant la fin de la partie. Quand c'est papa qui nous conduit, Adrien peut jouer à des jeux sur son téléphone cellulaire, mais avec maman, c'est impossible. Elle aussi a un téléphone, mais il date sûrement du paléolithique ! Il est super vieux et elle ne veut pas le changer. Elle dit qu'il lui suffit pour l'usage qu'elle en fait. Elle ne sait pas ce qu'elle manque !

Ce soir, c'est papa qui est là. Tantôt, Adrien est venu chercher sa sucette glacée et il est retourné jouer avec quelques garçons un peu plus loin. Ils se tiraillent, essaient de baisser les shorts des autres et poussent des cris de la mort. Un vrai jeu de gars !

— Comme ça, en sixième, il y a vraiment beaucoup d'exams à ce qu'on m'a dit ? me demande Sarah.

— Mets-en ! Je suis écœurée ! On a fait des pratiques tout le mois de mai et on a des examens presque tout le mois de juin.

— J'ai pas hâte d'être rendue là.

— Je pense qu'on a presque fini. Il nous reste juste deux avant-midi de maths, et après c'est tout.

— Est-ce que vous avez un bal dc graduation ?

— En sixième année ? C'est pas au secondaire, le bal de fin d'études ?

— À mon école, les sixième ont leur bal. C'est pas aussi grandiose que celui du secondaire, mais ça a l'air cool !

Sarah est une des filles qui habitent la ville voisine. Elle ne fréquente donc pas la même école que moi.

— Nous n'avons pas ça. Mais une fête est organisée. C'est un dîner-croisière sur le fleuve. On va faire des jeux et il va y avoir de la musique.

— Wow !

C'est drôle, mais la fin du primaire ne me rend pas super émotive. J'ai juste envie de passer à autre chose. Cette dernière année n'a pas été facile pour moi. Souvent, je me suis sentie seule. J'ai envie de découvrir de nouvelles choses, de rencontrer de nouvelles personnes.

Pendant que je parle avec Sarah, je cherche mon père du regard. Il n'est pas avec les autres parents. Je sais bien qu'il n'est pas parti en nous laissant ici, Adrien et moi, mais je me demande où il est caché. Finalement, je le vois. Il est dans les estrades et parle avec une femme. Tiens, tiens, c'est la mère de Sarah justement ! Se seraient-ils découvert des atomes crochus ? Je n'ai toujours pas abandonné mon plan de lui faire rencontrer quelqu'un de bien. Peut-être a-t-il pris de l'avance !

— Sarah, si je me souviens bien, tes parents ne sont plus ensemble, mais est-ce que ta mère a un chum ?

Elle soupire et grimace un peu. Je comprends tout de suite qu'elle en a un et que Sarah ne l'apprécie pas beaucoup.

— Oui, et ils vont se marier à la fin de l'été.

— Ah…

— Pourquoi me poses-tu la question ?

— Regarde, dis-je en pointant nos parents qui ont l'air d'être engagés dans une conversation passionnante.

— Hum… je vois. Mais oublie ça, elle est en amoooooour par-dessus la tête avec son beau Ghislain. Il n'est même pas beau en plus !

Nous pouffons de rire. C'est dommage que Sarah n'habite pas plus près de chez moi, car on s'entend très bien.

Tout à coup, le tonnerre se fait entendre au loin et le vent se lève. Oh, oh, je pense que c'est le temps de rentrer si on ne veut pas se retrouver toutes mouillées. On se dépêche de prendre un selfie toutes les deux, que je mettrai sur ma page Facebook une fois arrivée à la maison, et on se dit au revoir rapidement. Je n'ai pas beaucoup d'amis, mais Facebook me permet de rester en contact avec des personnes comme Sarah ou mon cousin Alex, par exemple. Quand je me suis ouvert un compte, ça a créé tout un émoi. Mon père ne voulait pas. Il m'a raconté des histoires effrayantes de jeunes qui se sont fait piéger par des personnes malveillantes… De quoi donner froid dans le dos ! Je pouvais garder mon compte à la seule condition que ma mère et lui soient mes amis Facebook.

Ça ne me dérangeait pas vraiment, je n'ai rien à cacher.

En sautant sur mes pieds, je vois mon père se lever. Il met ses doigts dans sa bouche et siffle en direction de mon frère. J'ai toujours voulu siffler ainsi. Papa a eu beau passer toute une soirée à me l'enseigner, je n'ai jamais été capable de l'imiter.

Adrien reconnaît le sifflement de papa et, quelques instants plus tard, nous sommes tous les trois dans la voiture.

— Quoi ? Tu n'as pas fini ta sucette ? s'exclame mon frère.

— Ah ! Raphaëlle ! Tu vas en mettre partout dans la voiture, rouspète mon père.

— J'me dépêche, j'me dépêche.

Je n'ai jamais été capable de croquer dans une sucette glacée. Je suis de celles qui les lèchent et les suçotent tranquillement. C'est vrai que, lorsqu'il fait chaud, elles ont tendance à fondre plus vite et je me retrouve souvent les doigts tout collants... et le chandail couvert de gouttes colorées, au grand désespoir de ma mère ! C'est la même chose quand je déguste une crème glacée. Une fois, j'ai essayé de la manger plus vite et je me suis gelé le cerveau ! Je sais que ce n'est pas exactement ce qui est arrivé, mais c'est l'impression que ça m'a donné. C'était très désagréable.

J'ai tellement faim ! Cette petite sucette glacée ne comblera sûrement pas le creux que j'ai dans l'estomac. Ça arrive souvent après une partie de soccer. Je me donne à fond et je dépense beaucoup d'énergie. Parfois, je prends même un deuxième souper en revenant du match ! Ce soir, je mangerais un bœuf ! Ça tombe bien, c'est exactement ce que nous avons mangé tantôt (en fait, c'étaient des tournedos de bœuf, pas un bœuf entier !) et j'ai vu qu'il en restait. Je vais foncer droit vers le frigo en arrivant à la maison.

Il n'y a pas trois minutes que nous sommes dans la voiture qu'il se met à tomber des cordes. Ça fait longtemps que je n'ai pas vu la pluie tomber aussi fort. C'est impressionnant ! Ce n'est pas de la pluie qui tombe, ce sont les chutes du Niagara !

— De quoi parlais-tu avec la mère de Sarah, tantôt ?

— Elle m'a posé une question à propos d'une contravention qu'elle a eue et je lui ai donné mon avis de policier.

— C'est tout ?

Papa me regarde de biais, l'air de se demander s'il doit me répondre franchement ou non.

— Est-ce que tu sais ce qu'elle fait dans la vie ?

— Euh… Non.

— Elle est psychologue.

Ah non ! C'est reparti ! Papa ne va pas s'y mettre lui aussi !

— Avant de t'énerver, écoute-moi.

Je n'ai pas le choix. Nous sommes coincés dans une averse d'enfer, à dix kilomètres de la maison. Aucune chance que je me sauve.

— Oui, arrête de t'énerver, Raphaëlle, m'agace mon frère.

— Grrr ! Laisse-moi tranquille ! Papa me parle à MOI, pas à toi.

Je lui donne un coup de coude. Adrien ne perd jamais une occasion de me faire enrager.

— On se calme, les enfants. Pas de chicane en voiture, vous le savez. Je dois me concentrer sur la route, surtout avec une telle température. Pas question de gérer vos disputes.

Adrien vérifie que mon père ne le regarde pas dans le rétroviseur et me tire la langue. Il peut tellement être bébé quand il s'y met, lui !

— Je disais donc que la mère de Sarah est psychologue, poursuit mon père en ne lâchant pas la route des yeux. Elle me parlait du déficit d'attention, des tests à passer pour le diagnostiquer. Cette conversation m'a aidé à y voir plus clair.

— Tant mieux pour toi ! grommelé-je entre mes dents.

Mais à cause de la pluie qui tambourine sur le toit de la voiture, papa ne m'entend pas. Je n'aurais jamais dit ça à haute voix. C'est le genre de remarque qui peut facilement le faire sortir de ses gonds.

— Mathilde travaille dans un centre où sont regroupés plusieurs psychologues et des neuropsychologues. Elle m'a donné sa carte et m'a recommandé quelqu'un en qui elle a confiance. Je vais en parler à ta mère tout à l'heure.

Je croise les bras en ruminant ma colère. Je pense que je n'aurai plus le choix maintenant. Il va falloir que j'aille voir un psy. Tout le monde est contre moi. C'est ma tête, après tout, pas la leur.

Présentement, mon cœur ressemble au ciel qui se déchaîne au-dessus de nous.

Anaé

22 juin

Ça y est. C'est terminé. Je ne serai plus jamais une élève du primaire. Je ne pensais pas avoir autant de peine. Je n'ai pas pleuré de toute la journée, mais cet après-midi, alors que nous sortons de l'école et que tous les élèves au grand complet nous font une haie d'honneur, je craque. De la maternelle à la cinquième année, ils sont tous là et forment deux files interminables. Au signal des enseignants, les élèves, qui sont face à face, rejoignent leurs mains pour faire un tunnel humain de plusieurs dizaines de mètres. Tous les sixième année, nous nous engageons dans ce tunnel les uns à la suite des autres, parfois à genoux quand nous devons passer sous les bras des petits, et à la sortie, le primaire est derrière nous. Que d'émotions !

Plusieurs parents sont présents pour accueillir leur enfant, mais papa n'est pas là. Il était impossible pour lui de s'absenter du travail. Je le comprends, mais ça me fait un petit quelque chose. Même les parents d'Emma sont venus. Je pense à ma mère et je me dis que j'aurais aimé qu'elle ne soit pas morte, pour être avec moi.

— Tu ne croyais quand même pas qu'on allait te laisser toute seule ici, n'est-ce pas ?

C'est ma tante Julia ! Je lui saute au cou et j'éclate en sanglots. Je suis si contente qu'elle soit là ! Je sais bien que je suis entourée de tous mes amis, mais avoir un membre de ma famille avec moi a quelque chose de rassurant.

Ma tante me tend une belle boîte en carton entourée d'un gros ruban vert. Oh ! Elle a même pensé à m'apporter un cadeau ! Elle est tellement TROP gentille avec moi ! J'ouvre la boîte et je découvre un assortiment de bonbons en gelée super appétissants. Cœurs à la framboise, shortcake aux fraises, sureau surette, lait frappé à la banane, toutes les saveurs des jujubes sont écrites à l'intérieur du couvercle. Mmm ! J'ai l'eau à la bouche.

— Même pas besoin de partager en plus ! C'est juste pour toi !

Je serre la boîte contre moi et je suis ma tante jusqu'à sa voiture. J'ai encore le cœur à l'envers, mais ça va déjà mieux.

Même si Julia me dit que je n'ai pas besoin de partager, je vais me faire un plaisir de déguster ces petites douceurs sucrées avec Emma.

Ce soir, Emma organise un *beach party*. En plus de son spa, elle a bien sûr une piscine creusée chez elle. Mon amie se plaint souvent que l'eau est trop froide. Il y a bien un chauffe-eau, mais Maxime, son père, dit que l'eau d'une piscine doit être bien fraîche. Il nage presque tous les matins, du 15 juin au 15 septembre, pour se dégourdir les jambes et bien commencer sa journée. Si je dors la fenêtre ouverte, il n'est pas rare que je me fasse réveiller par un gros « splouch ! » quand il saute dans l'eau.

La mère d'Emma ne se baigne jamais. Elle préfère se faire bronzer et surfer sur le Net sur sa tablette électronique. Elle y lit plein d'articles en anglais et se commande toutes sortes de trucs, comme une paille qui filtre l'eau potable, un hamac pour les pieds ou des pantoufles lumineuses. Je me demande si elle utilise vraiment tous ces objets bizarres…

Emma a donc invité toute la classe chez elle pour fêter la fin de notre primaire. En fait, elle organise ce genre de célébration tous les ans depuis la maternelle. Presque tout le monde vient normalement. Et Noémie, sa sœur, en profite pour aller dormir chez une amie comme elle le fait toujours !

Habituellement, Maxime se transforme en barman pour une soirée et nous concocte des jus de fruits et des smoothies exquis. J'ai un faible pour celui au lait de coco, à la banane et à l'ananas. C'est une saveur qui goûte l'été !

Mon père est aussi de la partie. Il est le préposé au barbecue et fait des hot-dogs à la chaîne ! L'an dernier, il en a cuit plus d'une soixantaine. Il ne côtoie pas régulièrement les parents d'Emma, mais ils s'entendent très bien.

Nous arrivons chez mon amie vers 17 heures. Ce n'est pas comme si nous avions beaucoup de route à faire ! Le trajet prend douze secondes, et seulement huit quand on court. Papa tient un grand plateau sur lequel s'empilent les emballages de saucisses et une partie des pains. Moi, je tiens deux sacs de chips dans une main et dans l'autre, le dernier sac de pains.

Le père d'Emma nous a vus arriver et nous ouvre la porte avant même qu'on ait monté les quatre marches du perron. Il porte une chemise à manches courtes jaune très voyante. Ça change de son veston-cravate d'agent d'immeubles !

— Bonjour, voisin ! Bien heureux de te voir ! Attends un peu, je vais te filer un coup de main, s'empresse-t-il de dire en débarrassant papa des sacs de pains à hot-dog qui menacent de tomber.

La mère d'Emma s'est surpassée, encore une fois. C'est LA pro du *home staging* et de la déco en général. Il y a des banderoles partout, des tonnes de ballons, le tout dans des teintes de bleu et d'orangé. Je perçois également les notes d'une musique entraînante qui nous parvient de la cour arrière.

— Où est-ce que je dépose les sacs de chips, Séverine ?

— Trouve un petit coin sur la table dehors. Je vais aller chercher deux grands bols au sous-sol. Emma est déjà à l'extérieur si tu la cherches.

J'ouvre la porte-fenêtre et je reste bouche bée devant la table qui est montée sur leur grande terrasse.

— Elle est belle, hein ? se réjouit mon amie, fièrement. C'est maman et moi qui avons tout fait.

Il y a d'abord une immense assiette de crudités. Et on n'y retrouve pas que des carottes en bâtonnets et des tranches de concombre ! Je vois des pois mange-tout, des courgettes, des tomates jaunes et rouges, du chou-fleur violet, des radis… Il y en a de toutes les couleurs et pour tous les goûts. Il y a même des parasols miniatures plantés un peu partout pour égayer encore plus les bouchées. À côté des légumes se trouvent les trempettes, les salades, puis la « station condiments » pour les hot-dogs.

Finalement, sur une petite table à part s'élève un immense gâteau au fondant sur le thème des vacances d'été : il est décoré d'une serviette de plage, de sable, de sandales, d'un gros ballon et de lunettes fumées, tous en fondant. Mais juste un gâteau, ce n'était pas suffisant pour Séverine. Il y a également trois bocaux de verre remplis à ras bord de jujubes, de boules de gomme à mâcher et de suçons torsadés géants.

— Ça ouvre l'appétit, toutes ces bonnes choses !

Je fais mine de prendre un radis.

— Pas touche avant que les invités n'arrivent ! blague Emma en me donnant une petite tape sur la main.

— Mais je suis une invitée, moi !

— Pfff ! Tu n'es pas une vraie invitée. C'est ta deuxième maison ici !

C'est vrai. La maison d'Emma est un peu la mienne aussi. Souvent, quand je ne suis pas chez moi, je suis ici. Et je peux dire la même chose pour Emma. Chez moi, Emma se sert dans le frigo comme il lui plaît. Elle m'aide parfois à vider le lave-vaisselle ou à sortir les poubelles, c'est tout dire ! Chez elle, c'est la femme de ménage qui s'occupe des poubelles, alors je ne peux même pas lui rendre la pareille.

Chaque fois que quelqu'un arrive, je vérifie si ce n'est pas Thomas. J'espère tellement qu'il viendra ! Lorsque je le vois descendre d'une fourgonnette en compagnie de deux autres garçons de ma classe, mon cœur fait un bond dans ma poitrine. Il est là. Maintenant, il faut juste que je trouve le moyen d'aller lui parler sans avoir l'air trop intéressée...

Les « vrais » invités arrivent peu à peu avec leur costume de bain et leur serviette sous le bras. L'ambiance est festive, mais nous réalisons à peine que nous sommes en vacances et que le primaire est bel et bien derrière nous.

À 18 heures, la fête bat son plein. Quelques garçons de ma classe s'improvisent DJ et font jouer les toutes dernières chansons à la mode à partir de leur iPod. Il y a trop peu de chansons en français à mon goût, mais je ne vais pas leur dire. Ils ont du plaisir, et c'est ce qui compte. Et je dois avouer qu'ils sont bons pour mixer des chansons !

Ça sent les saucisses grillées. Papa est tout en sueur devant le barbecue brûlant. Je vais lui porter un grand verre de limonade glacée avant de rejoindre mes amis. Comme je descends les marches du balcon, un hot-dog ketchup-moutarde à la main, une conversation attire mon attention. Un petit groupe de garçons discute derrière la haie.

— Le monsieur qui est au barbecue, je l'ai déjà vu quelque part… dit l'un d'eux qui était dans l'autre classe de sixième et que je connais très peu.

— C'est le directeur de l'école secondaire. On l'a rencontré pendant la visite, tu t'en souviens pas ?

— Ah ouais, ça me revient, maintenant. Mais il est là pour quelle raison, au juste ?

— C'est le père de la petite Chinoise. Tu sais, celle qui a un nom drôle.

Ils pouffent tous de rire. La bouchée que je viens juste de prendre se coince dans ma gorge et je manque de m'étouffer. Je reprends mon souffle, descends la dernière marche et me retrouve nez à nez avec ce petit groupe. Ils semblent étonnés de me voir là.

— Tu sauras que la Chinoise comme tu dis, elle s'appelle Anaé. Et je ne suis pas chinoise, je suis à moitié japonaise.

Les garçons sont super mal à l'aise. S'ils pouvaient entrer dans le sol, je pense qu'ils le feraient. Tant pis pour eux.

Il n'y en a qu'un qui me défie du regard, comme pour me narguer. J'en ai ras le bol qu'on fasse des commentaires sur mon origine. Ce n'est pas parce que ma peau n'est pas tout à fait de la même couleur que la leur qu'ils peuvent se permettre de parler de moi ainsi.

Si j'habitais à Montréal, on ne me ferait jamais ce genre de commentaires. Là-bas, il y a des gens de tous les pays, de toutes les cultures et de toutes les couleurs. Mais ici... Cette année, à mon école, sur quatre cents élèves, il n'y avait que deux petites filles chinoises (adoptées), trois Noirs, deux Mexicains à la peau basanée... et moi. Quelle diversité ! Je ne sais pas si ce sera la même chose au secondaire...

En tout cas, je ne ferais pas de commentaires sur mon prénom, si je m'appelais Justin-Émile Michaud-Deslauriers, comme l'un des gars de ce groupe d'imbéciles...

— On ne voulait pas être méchants, tu sais. Je suis désolé si c'est mal sorti, me dit l'un des garçons.

— On s'excuse, Anaé, ajoute un autre en grimaçant.

— Ouais… me semble.

Je ne m'attarde pas, ils n'en valent pas la peine. Probablement qu'aucun d'entre eux ne sera dans ma classe l'an prochain. Les ignorer est la meilleure chose que je puisse faire. Justin-Émile me suit des yeux jusqu'à ce que je sois hors de son champ de vision. Lui, il ne regrette rien, c'est évident. C'est le plus effronté du groupe. J'ai entendu dire à travers les branches qu'il ira à l'école privée l'an prochain, alors je ne vais peut-être plus jamais le revoir. Il ne me manquera pas ! C'est le genre de gars qui s'amuse à lancer des petits bouts de papier mouillé au plafond, sur le tableau et dans les cheveux des filles. Un de ses jeux favoris est aussi de cacher les trousses à crayons des filles. Il nous a toutes fait le coup au moins une fois cette année.

Je prends une autre bouchée de mon hot-dog (un peu moins grosse que la précédente !) et je vais rejoindre Emma. Elle est dans la piscine avec quelques personnes et tous s'amusent avec des fusils à eau. Hum… J'ai beau porter mon haut de maillot, je n'ai pas envie de manger un hot-dog détrempé. Je reste un peu à l'écart avant d'aller retrouver les autres, le temps de le terminer.

Je m'assois sur une chaise longue et je prends beaucoup de plaisir à regarder la joyeuse bataille.

— Tu ne veux pas y aller ?

C'est Thomas. Oh ! J'ai des papillons dans le ventre. Depuis le début de la soirée, je n'avais pas encore eu la chance de lui parler. Il était toujours avec d'autres personnes ou bien c'est moi qui étais occupée. Je ne connais pas beaucoup ses amis, alors je n'ai pas osé l'approcher.

Il prend place sur une chaise à côté de la mienne.

— Sais pas trop... C'est aussi rigolo de les regarder. Et il n'y a plus de fusils à eau.

— Ce n'est pas une excuse, ça ! Dans une piscine, on peut s'arranger pour arroser les autres de toutes sortes de façons...

— C'est vrai, je n'y avais pas pensé.

— J'ai deux grands frères qui se sont toujours amusés à me faire couler dans la piscine. Nos parents jasaient sur la terrasse et ne nous surveillaient pas tout le temps. Je peux te dire que j'en ai avalé de l'eau chlorée dans ma vie ! Je suis un vrai petit poisson maintenant.

— Ils n'ont pas l'air commodes, tes frères !

— Ouin. Mais j'ai pris ma revanche quelques fois. La semaine dernière, quand il faisait super chaud, Antoine était avec sa blonde dans la cour. Il mangeait un cornet de crème glacée pendant que je me préparais à aller brosser le fond de la piscine...

Il fait une pause pour faire durer le suspense.

— Et ?

— Ben... Je suis malheureusement « tombé » dans l'eau, juste à côté d'eux. Je suis rendu bon pour éclabousser très loin. Ils étaient mouillés de la tête aux pieds !

— Tu as fait ça pour vrai ?

— Il l'a bien mérité ! Et comme sa Valou était là, il n'a pas pu se venger. Devant elle, il fait beaucoup d'efforts pour ne pas avoir l'air d'un idiot, même si, entre toi et moi, c'est un peu ce qu'il est !

Je pouffe de rire.

— Il a quel âge, ton frère ?

— Antoine a 18 ans et mon autre frère, Alexandre, a 15 ans. Toi, est-ce que tu as des frères ou des sœurs ?

— Malheureusement non...

— Laisse-moi te dire que, parfois, j'aimerais mieux être enfant unique. Mes frères m'en ont vraiment fait voir de toutes les couleurs. Quand j'étais petit, j'ai même eu un bras cassé à cause de leurs niaiseries !

— Ouf !

— Tes parents n'ont pas eu d'autres enfants parce que tu étais trop turbulente ? Ha ! Je blague !

Oups… Il n'a pas l'air d'être au courant. Pourtant, je pensais que tout le monde le savait à l'école…

— Tu ne sais pas ?

— Quoi ?

Ses yeux vont de droite à gauche. Il semble chercher à quoi je fais allusion sans trouver d'explication. Je soupire doucement. Il ne sait pas que je n'ai pas de mère. Même si ma vie a toujours été ainsi, chaque fois, c'est tout de même un peu difficile d'en parler. Surtout la première fois parce que j'ai une bonne idée de la manière dont les gens réagissent.

— Ma mère est morte à ma naissance.

— Oh ! Excuse-moi, Anaé ! Aïe, je ne savais pas…

Je mets ma main sur la sienne machinalement.

— C'est correct. Tu n'as pas à t'excuser.

Je me rends alors compte de la chaleur de sa peau. C'est une drôle d'impression. Hmm, drôle n'est pas le bon mot. Je dirais que c'est grisant. Je n'ai jamais touché la main d'un garçon de cette manière. Et le fait que ce soit la main de Thomas me trouble encore plus. Lorsque je lève la tête, il me regarde si intensément que je recule vivement comme si je venais de me brûler. C'est là que je réalise que c'était sa main à laquelle il manque deux doigts. Double malaise. J'espère qu'il ne pense pas que j'ai retiré ma main à cause de ça.

Nous restons silencieux quelques instants. C'est dommage. Mais j'avoue qu'on parle rarement autant tous les deux. La plupart du temps, je le trouve drôle, mais là, c'est difficile de blaguer après avoir parlé de la mort. J'essaie de me trouver une porte de sortie.

—Heu... Je pense que je vais aller rejoindre Emma si ça ne te dérange pas.

—Pas de problème, vas-y. J'irai tantôt moi aussi. Pour l'instant, j'ai le bedon trop plein ! dit-il en se tapant le ventre.

Je me lève et je lisse ma longue jupe aux rayures bleues et blanches toute fripée pour déguiser ma gêne. Ah ! Tiens, je me souviens que je voulais lui demander quelque chose.

—Est-ce que tu vas à Grand Héron en septembre ?

—Oui, me répond-il. Je serai dans le groupe multisports.

—Chouette ! Moi, j'ai été acceptée dans le groupe enrichi. Ce n'est pas une super grosse école. On s'y croisera sûrement.

Je me balance d'une jambe à l'autre. On dirait que je ne sais pas comment m'en aller. Je veux et je ne veux pas en même temps.

— À plus tard ! lui dis-je en souriant.

— Oui, et si on n'a pas la chance de se reparler d'ici la fin de la soirée, bon été !

Soudain, il s'approche pour me faire la bise. Ses lèvres touchent ma joue gauche, puis ma joue droite. Je dois rougir un peu. Il y a des personnes qui ne se font pas réellement la bise. Elles collent simplement leurs joues. D'autres collent leurs joues, tout en donnant un bec dans le vide. Mais Thomas me donne des vrais de vrais becs. Est-ce que c'est un signe qu'il m'aime bien... ou un peu plus encore ? Je ne sais pas, mais je ne l'ai jamais vu faire la bise à qui que ce soit d'autre...

Je m'éloigne un peu à regret. Après la fête, je ne le reverrai plus avant deux mois. C'est long, mais je serai si occupée à préparer notre voyage à Paris (yé !) que je ne m'ennuierai pas trop. Mieux vaut voir le côté positif des choses.

Raphaëlle

5 juillet

Il paraît que j'ai été chanceuse. Biscuit de biscuit ! J'aurais aimé ne pas l'être pour une fois.

À cause de l'annulation d'un autre « patient », la psy que mon père ET ma mère voulaient que je rencontre a accepté de me recevoir presque tout de suite. Et moi qui étais si heureuse que mon nom soit sur une liste d'attente de quatre ou cinq mois ! Passer trois après-midi de VACANCES chez la psychologue, c'est la pire chose qui pouvait m'arriver. Au lieu d'aller à la piscine municipale, de faire du vélo ou de jouer avec des amis, j'ai dû m'enfermer dans un minuscule bureau sans fenêtres, aux murs peints d'un vert mare aux canards, avec une madame qui parle du nez. Je ne sais pas si elle faisait des allergies, si elle avait un rhume qui s'éternisait ou si elle parle ainsi tout le temps, mais ça m'agaçait !

Au dernier rendez-vous, je l'ai enregistrée quelques minutes en cachette avec mon téléphone, pour Adrien. Je lui ai parlé d'elle, mais j'étais incapable de l'imiter correctement. Mon frère a trouvé ça super drôle, on l'a réécouté plein de fois en riant comme des fous.

Pendant les trois séances, madame Simard, c'est son nom, m'a posé une tonne de questions. Un peu plus et elle me demandait la couleur de mes petites culottes ! Le seul point positif est qu'il y avait aussi plusieurs petits « jeux » à faire à l'ordinateur. Du coup, c'était un peu moins ennuyant.

Ma mère lui a apporté tous mes bulletins depuis la maternelle. Non, mais, y a-t-il une raison valable de montrer le bulletin de la MATERNELLE ? J'avais 5 ans ! On faisait des blocs et des dessins aux crayons de cire. Est-ce pertinent pour déterminer si j'ai un déficit d'attention ? Il paraît que ce n'est pas moi la spécialiste, alors je dois garder mes critiques pour moi. Le 22 juin, maman est même allée fouiller dans le bac de recyclage pour sortir les cahiers d'exercices dont je venais de me débarrasser. Elle m'a dit que ça aiderait madame Simard à se faire une meilleure idée de ma personnalité, qu'elle y verrait certaines de mes forces et faiblesses.

Maman et papa ont chacun rempli un questionnaire interminable. Je n'ai pas pu voir leurs réponses, mais papa m'a dit qu'il y avait plus de cent questions. C'est fou !

Maintenant, on attend son rapport. En fait, c'est surtout maman et papa qui l'attendent. Madame Simard devrait les rencontrer ensemble, dans trois ou quatre semaines, à son retour de vacances. Je m'en fiche ! J'ai l'impression qu'on a fait tout ça pour rien.

Je sais que je suis légèrement explosive, que j'agis souvent avant de réfléchir, mais je ne suis pas si pire… Je suis impatiente, c'est tout. Je serais bien étonnée que tous ces tests concluent que j'ai un déficit d'attention avec hyperactivité. Je ne saute pas partout sur les tables, quand même ! Oui, je bouge, mais je suis sportive, alors ça s'explique. Au moins, à partir de maintenant, je n'aurai plus à revoir cette dame et je peux commencer mes vraies vacances.

Ce week-end, j'ai un tournoi de soccer. C'est drôle qu'on fasse un tournoi à ce temps-ci de l'année. D'habitude, c'est plus vers la fin de l'été.

On est tôt dans la saison, mais peu importe ! Je suis toujours prête. Je suis contente aussi parce que ce tournoi aura lieu tout près de chez moi. Pas besoin de faire une heure ou deux de voiture. Aujourd'hui, samedi, on jouera trois parties et demain il y en aura une et peut-être même deux si on se rend en finale. On ne sait jamais… On peut tomber sur des équipes désorganisées ou qui manquent totalement de technique. Il n'y a rien de mal à rêver ! Mais l'an dernier, on était tellement mauvaises que notre entraîneuse ne nous a inscrites à aucun tournoi. J'étais déçue, mais je comprenais sa décision. Aller en tournoi et perdre toutes les parties, ce n'est pas drôle. Mais on est meilleures cette année, plus disciplinées aussi, alors j'ai espoir qu'on gagne au moins un ou deux matchs.

J'ai programmé mon réveille-matin sur mon téléphone pour 6 h 45. Dire que c'est à cette heure que je me lève quand je vais à l'école ! Même si je devrai me laver ce soir, je passe sous la douche pour m'aider à me réveiller. Quand on est adulte, on peut boire un double espresso au déjeuner, mais ce n'est pas une habitude à prendre à mon âge. De toute façon, j'ai déjà goûté au café une fois en cachette et j'ai détesté ça. Ouache ! Et dire que ma mère le boit noir ! Je ne sais pas comment elle fait.

Maman est déjà dans la cuisine quand j'arrive. Adrien aussi. Il est affalé, les yeux fermés, la tête posée sur la table. Hier, il a fait une super crise parce qu'il voulait rester chez papa, mais maman a refusé. De toute façon, mon père travaillait cette nuit et il va dormir toute la journée d'aujourd'hui. Il ne pouvait donc pas s'occuper de mon frère. Parfois, mon père nous raconte tout ce qu'il fait dans ses quarts de travail et je suis épuisée juste de l'écouter. Les policiers ne donnent pas que des contraventions ! Mais je sais ce qu'Adrien mijotait. Je suis sûre qu'il voulait en profiter pour jouer aux jeux vidéo sans se faire déranger. Ensuite, il a essayé de convaincre maman de le laisser seul dans l'appartement, mais elle a été très ferme : il doit venir au tournoi avec nous, qu'il en ait envie ou pas.

—Allô, ma sauterelle ! Qu'est-ce que tu veux manger ce matin ? Des céréales ou des rôties ?

—Du gruau.

Maman sursaute presque. Je ne prends jamais de gruau. Il n'y a qu'elle qui en mange dans la maison.

—Quelle mouche t'a piquée ? Je peux t'en préparer, ça ne me dérange pas du tout.

—J'ai le goût de faire changement. Ça me donnera peut-être plus d'énergie pour le tournoi.

Peux-tu couper des tranches de banane sur le dessus, aussi ?

Maman a l'air sonnée. Elle serait arrivée face à face avec un extraterrestre vert fluo qu'elle aurait la même expression.

J'ai vu un film hier soir où le personnage mangeait du gruau tous les matins et j'en ai même rêvé. Je pense que c'est ce qui explique ma soudaine envie.

Pendant que je mange mon bol de céréales chaudes, je regarde mon frère. Il est bel et bien endormi. Je le sais à cause de la manière dont il respire. Quelle position inconfortable, quand même ! Je me tourne vers ma mère.

— Qu'est-ce qu'on fait avec lui ?

Elle hausse les épaules.

— Je vais le réveiller pour la deuxième fois, juste avant qu'on parte. Je lui ai fait un sandwich au beurre d'arachide et à la confiture de framboise, il pourra le manger dans l'auto ou une fois rendu là-bas.

Avant de partir, je vais flatter un peu mon beau HD. Je l'aime tellement, mon chien ! Je crois qu'il pense qu'on va l'emmener. Il branle la queue et me regarde avec ses grands yeux bruns, l'air de dire : « Quand est-ce qu'on part ? Quand est-ce qu'on part ? »

—Pas cette fois-ci, HD. Mais je te promets qu'on va aller faire une grande marche, juste toi et moi, ce soir. Et je te donnerai un gros biscuit!

Dans la voiture, mon frère somnole encore un peu, mais deux coins de rue avant d'arriver au parc, il ouvre les yeux.

—Maman! Je n'ai pas eu le temps de déjeuner!

—Ne t'inquiète pas. J'ai pensé à toi, mon minou, le rassure-t-elle en lui tendant le sac qu'elle avait préparé. N'en échappe pas! S'il y a de la confiture sur mes sièges gris pâle, tu devras frotter longtemps pour les nettoyer.

Nous tournons en rond pendant dix minutes pour trouver un endroit où nous garer. Il y a déjà beaucoup de monde et toutes les places de stationnement sont prises. Finalement, maman nous laisse, Adrien et moi, devant l'entrée du parc pour que je ne sois pas en retard, et nous dit qu'elle va aller se stationner plus loin.

Adrien se plaint qu'il doit prendre les deux chaises pliantes. Moi, j'en ai déjà plein les bras avec notre petite glacière et mon sac de sport.

—Arrête de ronchonner! Tu préférerais que maman les transporte sur plus d'un kilomètre?

On n'a presque pas à marcher, nous. Et tu vas quand même poser tes fesses sur une de ces chaises pendant une bonne partie de la journée, alors je pense que tu peux faire un effort !

— C'est de ta faute, aussi ! Si tu n'avais pas eu ce maudit tournoi, j'aurais pu rester à la maison et dormir ! En plus, il y a peut-être des estrades là-bas et on aura pris des chaises pour rien.

Je hausse les yeux au ciel. Quoi que je dise, il va râler. Adrien et le sport, ça fait deux ! Mes parents ont essayé de l'inscrire à plusieurs cours, la natation, l'escalade, le karaté, le tennis, mais il laissait toujours tomber avant la fin de la session tellement il détestait ça. Il n'aime que ses jeux vidéo. Ça ne le fait pas trop suer !

Je vois les autres joueuses de mon équipe un peu plus loin. Elles me font de grands signes avec leurs bras.

— Hey ! On se demandait si tu allais venir ! me lance Adèle.

— Je sais, je suis un peu à la dernière minute. Mais je n'aurais raté ça pour rien au monde !

Et c'est vrai. J'adore les tournois, même quand on perd ! En jouant contre de nouvelles personnes qui ont des styles différents, j'ai l'impression que ça m'aide à m'améliorer.

Il y a effectivement des estrades sur le côté du terrain, mais elles sont presque toutes remplies. Je savais que c'était une bonne idée d'avoir nos propres chaises. Je laisse Adrien ici. Il bougonne encore, mais ce n'est plus mon problème maintenant.

— Bon, les filles, on va se réchauffer ! s'exclame notre entraîneuse en tapant des mains. Tout le monde a attaché ses cheveux ? Je n'ai pas envie qu'on se fasse avertir par l'arbitre comme la dernière fois ! Et vos souliers sont bien lacés ?

Les filles me regardent et je sais très bien à quoi elles pensent. À la dernière partie, l'élastique qui tenait mes cheveux s'est brisé. J'ai les cheveux longs et épais, ça arrive parfois... J'étais en pleine échappée, j'allais sûrement compter un but, mais l'arbitre a sifflé l'arrêt du jeu. On a perdu 3 à 2. Après la partie, certaines joueuses, Marilie Lamoureux et Sasha Proulx surtout, ont sous-entendu que c'était de ma faute. Si mon père n'avait pas été à côté de moi à ce moment-là, je serais allée leur dire des bêtises !

On court un peu autour du terrain, mais pas trop vite, pour ne pas s'épuiser avant de commencer. Ensuite, on fait quelques étirements et Marie-Josée nous donne ses dernières consignes avant la partie. On doit mettre l'accent sur la défense. C'est notre gros point faible. Moi, je suis attaquante, avec Sarah et Adèle.

La première partie passe rapidement. Marie-Josée ne me laisse pas très longtemps sur le banc et je compte un but en deuxième mi-temps. Sur le côté du terrain, les parents sont déchaînés, surtout ceux de l'équipe adverse. L'arbitre va même leur parler pour qu'ils se calment un peu. Il est 9 h 30 du matin et certains hurlent comme s'ils étaient à un concert rock! Et ils ne disent pas que de beaux mots! Tout ce tapage me déconcentre. Je ne sais pas si c'est une tactique de leur part pour nous déstabiliser, mais ça fonctionne. C'est rare qu'on rencontre des spectateurs aussi agressifs. Au moins, après l'avertissement de l'arbitre, ils se calment un peu.

Nous gagnons *in extremis* 2 à 1 grâce à un but de Sarah. À la fin de la partie, je vais rejoindre ma mère et mon frère. Je suis encore hors d'haleine. Il faudrait que je m'entraîne à courir en dehors des parties de soccer pour ne pas être à bout de souffle dès que je pique un sprint pour attraper le ballon. Ce serait une bonne résolution à prendre pour les vacances.

Adrien a l'air de bouder. Encore!

—Bravo, ma sauterelle! Tu as très bien joué.

—Merci. Est-ce qu'Adrien est fâché?

—Adrien a faim, m'explique maman, et rien de ce que j'ai apporté ne le contente. Si ça ne te dérange pas, j'irais chercher avec ton frère une petite épicerie ou un resto dans les environs. J'ai aussi besoin d'une deuxième dose de caféine.

—Vous y allez à pied?

—Non, je vais prendre la voiture. Votre deuxième partie est dans une heure. Je devrais avoir le temps de revenir.

—Bonne chance pour stationner au retour!

—Oui, je sais, grogne-t-elle. Bon, l'affamé, tu viens? Et toi, Raphaëlle, veux-tu quelque chose?

—Non merci. Je vais prendre une pomme dans le sac à lunch, c'est assez pour l'instant. Je n'ai pas très faim. J'ai surtout très soif.

—Il y a trois bouteilles bien pleines, pas de risque que tu te déshydrates. Allez, à tantôt!

Ah! Je comprends pourquoi le sac était si lourd!

Je pourrais rester avec les autres joueuses de mon équipe et leurs parents, mais je préfère aller me reposer un peu à l'ombre à l'autre bout du parc, là où il y a des modules de jeux et des balançoires sous de grands arbres. Je vais m'asseoir sous l'un d'eux et j'appuie ma tête contre le tronc. Je suis encore sur l'adrénaline, mais il faut que je retrouve mon énergie pour le deuxième match.

Les yeux fermés, j'essaie de faire le vide dans ma tête. Soudain, je sens quelque chose de froid toucher ma jambe. J'ouvre les yeux et je me rends compte qu'une bouteille d'eau a roulé jusqu'à moi. Je vois alors un garçon à moitié penché qui court après une pomme qui roule toujours. Il tient à la main un grand sac en plastique déchiré, un bloc réfrigérant et deux petits contenants qu'on met habituellement dans les sacs à lunch. Comme il attrape la pomme, le bloc réfrigérant tombe à son tour, puis l'un des contenants. Il n'est pas chanceux !

Une fois qu'il a tout récupéré, il cherche quelque chose des yeux. Sûrement sa bouteille d'eau. Tiens, il y a justement un autocollant sur le côté de celle-ci avec un nom : William Chambord. Je me lève d'un bond.

— William ?

Il se tourne vers moi, mais fronce les sourcils lorsqu'il se rend compte qu'il ne me connaît pas.

— Tiens, ta bouteille d'eau.

Son expression change.

— Ah ! Merci ! Je la cherchais justement.

Il s'apprête à tendre la main, mais s'arrête à temps, car il risque de nouveau d'échapper tout ce qu'il tient.

— Hmm… Attends un peu, je vais plutôt m'asseoir à côté de toi et manger ma pomme; ça me fera une chose de moins à tenir.

— Pas de problème!

On s'assoit côte à côte sous le grand arbre et mangeons chacun notre pomme. La mienne est verte, la sienne est rouge.

Je prends le temps de l'observer un peu. Tiens, son chandail me dit qu'il est arbitre. Je n'avais même pas remarqué avant. Il n'a pourtant pas l'air beaucoup plus vieux que moi… Il est mulâtre, mais il doit certainement être né ici, car il n'a pas d'accent africain ou haïtien. Ce n'est pas un garçon très grand, je pense même que je le dépasse.

— Si mon sac ne s'était pas déchiré aussi… D'habitude j'ai un sac à lunch isolant, avec une grande bandoulière, mais je ne le retrouve plus. Ma mère a rangé toutes mes affaires d'école et ce matin, je n'ai pas eu le temps de chercher. Elle est trop ordonnée, ma mère!

— Alors, tu es arbitre, c'est ça?

— Oui, c'est ma deuxième année, mais c'est mon premier tournoi. Habituellement, j'arbitre seulement des parties "normales".

— Tu as quel âge?

— J'ai 15 ans. Au soccer, on peut commencer à arbitrer à 14 ans. Il faut suivre une formation de deux jours avant.

— Ah ! Cool ! Ça pourrait être le genre de choses que j'aimerais faire… dans deux ans !

— Tu as seulement 12 ans ?

Je hoche la tête.

— En tout cas, tu as l'air beaucoup plus vieille.

Nous continuons de jaser ainsi pendant une bonne demi-heure. J'apprends qu'il fréquente Grand Héron, l'école où j'irai l'année prochaine ! Il est en multisports, le même programme où j'ai été admise, mais à l'automne, lui sera en secondaire 3. Il aurait dû être en secondaire 4, mais il a doublé une année quand il était au primaire.

— Tu vas voir, ce sera madame Ménard, ta prof de maths. Elle est hyper sévère, alors arrange-toi pour ne pas te faire remarquer !

— Conseil compris et enregistré ! dis-je en tapotant ma tête avec mon index.

On est rapidement sur la même longueur d'onde, lui et moi. Il a beau avoir trois ans de plus que moi, il ne me traite pas comme « une petite jeune ». Ce serait pourtant facile en plus, avec son statut d'arbitre. Je m'étire puis annonce :

— Ma deuxième partie va commencer bientôt. Je vais devoir y aller.

Ce n'est pas très confortable pour les fesses d'être assise sur la terre tapée d'où sortent des racines.

— Moi aussi. On se verra en septembre, alors. Ou peut-être lors d'une autre partie de soccer, on ne sait jamais !

— J'espère que tu seras gentil avec moi si tu arbitres une partie où je joue. Je n'ai pas toujours eu de super expériences avec les arbitres...

— Tu me raconteras tout ça quand on se reverra !

— Ouais, peut-être.

William est vraiment sympathique. Je suis contente de l'avoir rencontré. J'aurais bien continué de jaser avec lui, c'était super intéressant comme conversation. J'espère que nous aurons la chance de nous recroiser à l'école et qu'il ne m'ignorera pas. Je sais bien que parler avec une fille de 12 ans dans un parc et parler avec cette même fille à l'école, là où on peut se faire voir de ses amis, c'est tout à fait différent...

Anaé

27 juillet

Nous sommes sur le point de décoller. Je suis tout en sueur et j'ai le cœur qui bat fort. C'est la première fois que je prends l'avion et j'ai peur. J'ai surtout peur que l'avion tombe et s'écrase. J'essaie de me rassurer en me disant qu'il y a des MILLIONS de personnes qui volent chaque jour, mais mon cœur ne veut pas m'écouter. Papa caresse mes cheveux doucement et serre ma main très fort.

Ça y est. On roule. On roule même très vite ! C'est plus fort que moi, des larmes de panique me brûlent les yeux. Je fais exprès de ne pas regarder par le hublot. Je fixe la petite tache sur le siège juste devant moi. Je concentre mon attention sur cette petite démarcation de couleur pour oublier où je suis.

Je ne pensais pas que j'aurais aussi peur de l'avion. Tout allait bien jusqu'à l'embarquement.

Une fois assise sur mon siège, j'ai cru étouffer. Je ne suis pas prisonnière, mais je ne peux plus sortir d'ici ! Pas avant six heures et cinquante minutes, en tout cas. Et au retour, ce sera plus long encore !

Je jette un coup d'œil à la dame à côté de moi, de l'autre côté de l'allée. Elle a l'âge de mon père ou à peu près. Nos regards se croisent et je comprends immédiatement qu'elle est aussi paniquée que moi. Par contre, elle n'a personne pour la calmer. Elle est raide comme une barre et je vois qu'elle essaie de contrôler sa respiration. Son visage est aussi blanc qu'un drap.

Sans même y penser, j'étire mon bras libre et je lui tends la main. Elle semble surprise, mais quand elle comprend que je fais ce geste pour la rassurer, elle me sourit et serre ma main. Ses épaules retombent et ses traits se radoucissent, signe que la tension se relâche un peu. Quand on sait qu'on n'est pas seul, c'est toujours réconfortant.

Les roues de l'avion quittent le sol. Je ferme les yeux et je retiens mon souffle. Ça brasse et un bruit très fort qui vient de l'extérieur se fait entendre. Je regarde papa, apeurée.

— Ne t'inquiète pas. C'est le train d'atterrissage qui se rétracte.

Je n'ai pas le choix de lui faire confiance. Il a pris l'avion beaucoup plus souvent que moi, alors ça doit être vrai. Au bout de quelques minutes, quand je constate que tout semble normal, je me remets à respirer calmement.

La dame à côté de moi me regarde avec un petit sourire et lâche ma main.

— Merci beaucoup, tu es un vrai petit ange. Tu m'as fait beaucoup de bien. J'avais très peur du décollage, mais là, ça va mieux.

Elle se penche un peu pour saluer mon père.

— Bonjour, monsieur. Vous avez une fille extraordinaire, le saviez-vous ?

— Je me le répète chaque jour ! dit-il en me donnant un bec sur la tête.

Ça y est, il va me faire rougir.

— Comment t'appelles-tu ?

— Anaé.

— C'est un joli nom. Moi, c'est Nathalie. C'est la première fois que je prends l'avion, est-ce que ça paraît ?

— La première fois ? Vous n'avez jamais voyagé avant ?

— Je suis déjà allée en voiture aux États-Unis et dans l'Ouest canadien, mais c'est tout. Je vais en France pour le mariage de ma sœur. Elle épouse un Français. Je ne pouvais pas manquer ça, même si j'ai une peur bleue de tous les engins qui volent.

— Ah ! Nous, on va visiter Paris !

— Ta maman n'est pas avec vous ?

Encore cette question. Je ne m'en sortirai jamais. Mais je n'oublie pas que c'est une question banale pour la grande majorité des gens.

— Ma mère est décédée, mais c'était il y a très longtemps, alors…

Je laisse la phrase en suspens. Je n'ai pas envie de rentrer dans les détails. L'hôtesse de l'air qui arrive avec les rafraîchissements détourne notre attention et Nathalie ne fait plus allusion à ma mère pendant tout le reste du vol.

Le trajet se passe sans encombre, même si mon cœur cesse de battre quand nous traversons une zone de turbulence. Je vais aux toilettes à quelques reprises pendant le vol et, chaque fois que je reviens, je retrouve mon père en train de parler avec Nathalie. Ils ont l'air de bien s'entendre, ces deux-là…

Nous atterrissons à Orly à 8 heures, heure de la France… et à 2 heures du matin, heure du Québec ! J'ai les deux yeux dans le même trou, mais je suis contente d'être ENFIN en sécurité sur la terre ferme.

Avant de quitter l'avion, Nathalie me fait un long câlin et me donne sa carte professionnelle.

— Un jour, si tu as besoin de quoi que ce soit, contacte-moi. Je me souviendrai de toi, Anaé, petit ange au grand cœur. Bon séjour à Paris !

Puis elle salue mon père avant de s'éloigner.

Avant de mettre la carte dans mon sac, je regarde ce qui est écrit dessus.

Nathalie Méthot, journaliste indépendante

— Elle t'a donné sa carte ? me demande papa en s'étirant pour attraper sa veste dans le fond du compartiment.

— Oui, pourquoi ?

— Pour rien, pour rien…

Tiens, tiens, la trouverait-il de son goût ?

Anaé

1er août

Notre chambre d'hôtel est très chouette. Nous avons chacun un grand lit et les oreillers sont super confortables. Nous sommes au quatrième étage et la fenêtre de notre chambre, qui est minuscule, donne sur une petite place où jasent des gens et où des jeunes font de la planche à roulettes ou du vélo. Ce n'est pas dans un secteur très touristique, mais à pied ou en métro, on arrive au cœur de Paris en un rien de temps.

Dans notre chambre, les toilettes se trouvent dans une pièce à part de la salle de bain. Et la chasse d'eau n'est pas sur le côté du réservoir, mais sur le dessus. Je pourrais dire tellement de choses sur les toilettes françaises ! Les plus dégueu étaient celles du Louvre ! Il n'y avait même pas de siège. Pendant nos promenades, nous avons croisé à plusieurs reprises des toilettes publiques sur les trottoirs. Ce sont de petites cabines dont les portes sont automatisées et qui se nettoient automatiquement après chaque utilisation. C'est pratique, on devrait avoir ça au Québec !

Mais les toilettes ne sont pas les plus beaux attraits de la Ville Lumière, évidemment ! Tout est beau, ici. Le simple fait de me promener dans les petites rues sinueuses m'enchante. J'ai adoré l'excursion en bateau sur la Seine, la visite du musée du Moyen Âge, la cathédrale Notre-Dame. Je ne crois pas en Dieu, mais j'ai été émue en y entrant. C'était si grandiose, si magnifique ! Papa et moi avons marché lentement en nous tenant la main, sans parler pendant de longues minutes. C'était un moment intense.

L'autre moment intense que l'on s'apprête à vivre, c'est la visite des catacombes. Emma a été super impressionnée par cet endroit et ça a piqué ma curiosité. Et je ne suis pas la seule curieuse, car nous attendons en ligne depuis plus d'une heure pour y entrer. C'est fou comme il y a du monde partout. Nous sommes à Paris et nous n'entendons presque pas parler français. Et j'exagère à peine. Il y a des touristes de tous les pays.

Enfin, ça avance. C'est excitant ! Il n'y a aucune attraction du genre chez nous. Pas que je sache, en tout cas. Au début, papa n'était pas très emballé à l'idée de visiter cet endroit, mais quand il a constaté à quel point j'avais envie d'y aller, il a cédé. Lui tenait au Louvre, moi, aux catacombes.

Nous descendons les cent trente marches d'un petit escalier en colimaçon. Il ne faut pas être claustrophobe pour venir ici ! Après avoir marché dans des corridors creusés à même la pierre, nous arrivons à « l'ossuaire ». Une porte surplombée de l'inscription « Arrête ! C'est ici l'empire de la mort » nous met en garde contre ce que nous allons voir…

Je ne sais pas comment qualifier l'ambiance qui règne dans ce lieu. C'est… particulier. Il y a des murs et des murs couverts de crânes et d'autres os humains empilés les uns sur les autres. À une certaine époque, on a vidé plusieurs cimetières de Paris et on a déménagé les ossements dans cette ancienne carrière.

J'essaie d'imaginer tous ces gens qui sont morts il y a cent cinquante ou deux cents ans. Qui étaient-ils ? Une pensée me traverse l'esprit. Tout bas, je demande :

— Papa, est-ce qu'il y a des enfants ici ?

Il réfléchit quelques secondes en regardant autour de lui. Il plisse ses yeux pour mieux voir dans la pénombre.

— Je ne crois pas. Les crânes et les os semblent tous être ceux d'adultes.

Je suis soulagée et, même si je trouve ma visite intéressante, je suis aussi un peu dégoûtée. Nous sommes quand même au milieu de milliers et de milliers de morts ! Avant d'être des os, c'étaient des cadavres. Brrr ! Quand on y pense, ça donne froid dans le dos. Je n'arrive pas à comprendre pourquoi j'avais si envie de venir ici.

Je m'assois quelques instants sur une grosse roche pour réfléchir pendant que papa lit une inscription sur le mur. La mort a toujours fait partie de ma vie. Ma mère est morte en me mettant au monde. Combien de femmes ici ont subi le même sort ? Sûrement plusieurs... À l'époque, c'était courant de mourir en couches ; au 21e siècle, c'est une exception. Il a fallu que ça tombe sur ma mère...

En fait, je crois que c'est pour cette raison que je suis une personne très gaie et optimiste. Je ne veux pas que le malheur me colle à la peau. Je refuse que la mort assombrisse mon chemin. C'est ma manière de me battre, de montrer au monde que je suis forte. Avec mes sourires, je fais un pied de nez à la mort.

Mais être dans ce lieu me déstabilise. Je vois ma mère partout autour de moi. En plus, je sais qu'une partie des gens qui ont bâti Paris sont ici, sous terre. Ce sont les ancêtres de millions de Français. Des parents de nos propres ancêtres aussi, si ça se trouve ! Il paraît que même La Fontaine, celui qui a écrit les célèbres fables, et Charles Perrault, l'auteur des contes comme *Le petit chaperon rouge,* sont ici, quelque part. Moi, je ne connais que la moitié de mon histoire, la moitié de mon arbre généalogique. Je ne sais même pas où sont enterrés mes ancêtres. Je n'ai pas connu les parents de ma mère. Ils étaient morts tous les deux bien longtemps avant ma naissance. Dire que les Japonais ont l'espérance de vie la plus longue de la planète ! Manifestement, ça ne s'est pas appliqué à ma famille.

Papa s'assoit à côté de moi et pose son bras autour de mes épaules.

— Qu'est-ce qui se passe, ma petite fleur ? Tu es bien songeuse !

— Je pense à maman.

Sa respiration se bloque un court instant.

— Je comprends. Moi aussi. C'est pour cette raison que j'hésitais à faire cette visite.

— Je m'excuse d'avoir insisté.

Il rit doucement.

— Mais ce n'est pas de ta faute, voyons ! C'est vrai que nous sommes dans un endroit spécial. Tu ne pouvais pas savoir que ces lieux te rappelleraient ta propre histoire. N'y pense plus.

Il frotte mon dos comme pour me secouer les puces.

— Ma belle Anaé, on est en vacances, c'est l'été, on est ici pour s'amuser et découvrir une tonne d'endroits épatants. Allez, maintenant, on va remonter à la surface et laisser tout ça derrière nous. Pour toujours.

— D'accord.

Nous marchons en silence, contournant les autres personnes arrêtées. Je regarde droit devant moi. Papa touche mon bras.

— Et sais-tu quoi ? On est vendredi, aujourd'hui.

— Ah ! C'est vrai, j'avais oublié.

— Comme nous sommes à Paris, je te propose de faire une entorse à la tradition et de troquer les sushis pour des pâtisseries !

— Bonne idée !

Tout en montant les quatre-vingt-trois marches d'un deuxième escalier en colimaçon, je m'imagine laisser mes idées noires sous terre. Moi, je remonte vers la vie !

Raphaëlle

10 août

Hier, nous sommes revenus d'un voyage de camping avec papa. Il a plu pendant trois jours ! Nos sacs de couchage et nos vêtements étaient super humides et je grelottais la nuit. Ce matin, quand je suis partie chez maman, mon père était sur le point de remonter la tente dans la cour pour la faire sécher au soleil, car, évidemment, il fallait qu'on revienne à la maison pour qu'il fasse beau !

Une chance que nous avons fait d'autres activités avant d'aller camper. Papa nous a emmenés aux glissades d'eau, à la Ronde et au Centre des sciences de Montréal. Dans le Vieux-Port, on a même loué des Kangoo Jumps. Ce sont des bottes qui ressemblent à celles qu'on porte lorsqu'on skie, mais il y a des ressorts en dessous. On peut donc sauter comme des kangourous. C'est génial !

Avant nos vacances avec papa, nous avons accompagné maman chez une de ses amies qui habite près de Toronto. J'ai vu les chutes du Niagara. C'est tellement imposant ! À cet endroit, ça ne me dérangeait pas du tout d'être mouillée ! Ils donnent même des imperméables bleus à tout le monde avant de monter sur le bateau.

Les deux enfants de l'amie de ma mère ne vont pas encore à l'école, et ils parlent moitié en français, moitié en anglais. J'avais de la difficulté à les comprendre. Mon frère et moi, on n'arrêtait pas de se regarder en se retenant pour ne pas rire. On disait toujours « Oui, oui », même si on ne savait pas du tout ce qu'ils racontaient !

Aujourd'hui, maman veut qu'on achète mes fournitures scolaires et celles de mon frère. Adrien est au camp de jour, alors on est seulement toutes les deux. Je n'avais aucune envie de la suivre, mais maman ne m'a pas laissé le choix.

— Je paie la facture, c'est donc la moindre des choses de m'accompagner et de m'aider à trouver tout ce qu'il te faut.

Je n'ai pas trop ronchonné parce qu'elle avait raison. Et même si je déteste parcourir les allées surchargées d'un grand magasin, j'aime bien choisir la couleur de mes classeurs et la sorte de crayons et de stylos que je vais utiliser pendant les dix prochains mois.

Après avoir rempli trois énormes sacs, ma mère me propose d'arrêter dans un café un peu plus loin. Maman est une droguée de la caféine. Je sais, il y a des dépendances encore pires, mais elle ne peut pas passer une journée sans boire ses trois tasses : deux le matin et une en début d'après-midi. La fin de semaine, elle s'en permet même une en soirée ! Dans son café, elle met une crème et un sucre. C'est facile à retenir ; je l'ai tellement entendue le répéter !

Maman commande donc un café pour elle et une grosse brioche à la cannelle pour moi. J'adore cette épice. J'en mangerais tout le temps ! J'aime couper des morceaux de pommes que je trempe dans un mélange de sucre et de cannelle. Maman me prépare aussi régulièrement des galettes à l'avoine et à la cannelle, sans compter les céréales hyper sucrées à la cannelle (mais juste trop bonnes !) que j'ai convaincu papa d'acheter à l'épicerie et que je mange en écoutant la télé.

— Alors, il ne reste plus qu'à identifier tout ce qu'on vient d'acheter. J'en ai au moins pour deux heures !

— Je vais au secondaire, maman, plus besoin d'écrire mon nom sur tous mes crayons. C'est bébé !

— Mmm... Tu as sûrement raison. Mais je t'avertis, je ne t'achèterai pas trois calculatrices et cinq bâtons de colle parce que tu les as égarés, compris ? Tu es responsable de tes affaires, Raphaëlle.

— Oui, oui, je sais.

Je mords dans ma brioche à belles dents. J'ai demandé qu'on la réchauffe. Elle est délicieuse !

Maman pointe un véhicule à travers la fenêtre du restaurant.

— Ah tiens, regarde, c'est ton oncle Vincent au service à l'auto.

Je me retourne pour le voir tout en me dépêchant de sortir mon téléphone pour le prendre en photo. Je vais l'envoyer à papa, ça va être drôle ! Malheureusement, dans mon élan, j'accroche la tasse de café de ma mère qui se renverse sur la table.

— Raphaëlle !

Biscuit ! C'est le genre de dégât qui m'arrive tout le temps. Mais je ne fais pas exprès. Par chance, ni maman ni moi n'avons été éclaboussées.

— Je m'excuse, dis-je d'une petite voix.

Maman soupire, puis se lève pour aller prévenir une serveuse qui pourra nettoyer la table. Elle en profite pour commander un autre café. La voiture de mon oncle s'éloigne sans que j'aie pris de photo.

Maman revient s'asseoir et reste silencieuse, puis son téléphone cellulaire sonne. Sur le coup, elle ne se rend même pas compte que c'est le sien. Ça paraît qu'elle n'est pas habituée à recevoir des appels.

Dring ! Dring ! Le téléphone de ma mère a une sonnerie tellement démodée, en plus ! Sur mon cellulaire, j'ai une sonnerie différente pour chacun de mes contacts : une sirène de police pour le cellulaire de mon père, le refrain de la chanson *Remède miracle* de Mes Aïeux pour le cellulaire de ma mère, un jappement de chien quand quelqu'un téléphone de l'appartement de ma mère (à cause de mon chien HD !), un extrait de la chanson *Le but* de Loco Locass pour mon oncle Vincent qui adore le hockey… Je n'ai qu'à entendre la sonnerie et je sais presque toujours qui m'appelle. C'est super pratique.

— Maman ! C'est ton téléphone, lui dis-je la bouche à moitié pleine.

— Ah oui ?

Elle est bien énervée, tout à coup. Elle prend son sac à main, fouille à l'intérieur pour y retrouver son téléphone dans son fouillis. Pour moi, c'est plus facile, il est souvent dans la poche arrière de mes pantalons. Je n'ai pas à le chercher longtemps.

— Oui, allô ? Ah ! Bonjour, madame Simard, je suis bien contente que vous m'appeliez.

Ah non, pas elle ! Je l'avais presque oubliée, celle-là…

Je sors mon propre téléphone pour m'occuper l'esprit le temps que ma mère parle avec la psychologue. Mon cousin Alex a mis sur Facebook une vidéo en *slow motion* d'un gars qui fait des acrobaties à vélo. Au ralenti, on peut voir à quel point ses pirouettes sont spectaculaires. Wow !

Maman met fin à sa conversation, mais recompose immédiatement.

— Tu appelles qui ?

— Ton père, répond-elle sans quitter son clavier numérique des yeux. Madame Simard peut nous rencontrer soit mardi prochain, soit jeudi. Je vais voir avec lui quel soir serait le mieux.

J'espère que papa travaille ces deux soirs-là et qu'ils devront remettre le rendez-vous à plus tard ! Malheureusement, il est libre.

Biscuit !

Raphaëlle

16 août

Alors, comme tout le monde le pensait (tout le monde, c'est surtout ma mère et mon père), j'ai bien un déficit d'attention avec hyperactivité et impulsivité. Et puis après ? Pour moi, ça ne change pas grand-chose. Je suis toujours la même personne, ma vie reste la même…

En fait, c'est ce que je dis tout haut, mais à l'intérieur de moi, c'est une autre histoire…

Depuis deux jours, j'ai beaucoup de difficulté à m'endormir. Seule dans mon lit, je pense à ces quatre lettres : TDAH. Je les déteste, je les déteste, je les DÉTESTE. Avant, on pouvait dire que je bougeais beaucoup, que j'étais spontanée, mais maintenant j'ai une étiquette. Je sais que ce n'est pas la fin du monde, on ne vient pas de m'annoncer que j'ai une maladie mortelle, mais je n'aime pas savoir que je ne suis pas comme les autres.

Je pense trop et ça me fait mal au crâne. Je suis fâchée contre mes parents, contre cette psychologue, contre tout le monde.

Tantôt, j'ai pris mon vélo et mon ballon de soccer, que j'ai mis dans mon sac à dos, et j'ai décidé d'aller me défouler au parc. Je n'ai même pas dit à ma mère où j'allais. J'ai juste lancé « je reviens tantôt » et j'ai claqué la porte. Tant pis pour elle. Je suis consciente que ce n'est pas très gentil, mais je ne sais pas comment faire autrement.

HD jappait derrière la porte. J'aurais dû l'emmener. Mais je n'avais pas le courage de rentrer dans la maison, d'aller chercher sa laisse et de sortir de nouveau. Ce sera pour une autre fois.

Je vois bien les efforts que fait maman depuis qu'elle m'a appris le « verdict ». Elle se fait toute douce et attentionnée. Elle m'a proposé d'aller au cinéma « entre filles », elle a fait une fournée de biscuits juste pour moi, elle a sorti les poubelles, une de mes tâches habituellement. On dirait qu'elle veut se faire pardonner, mais elle m'énerve plus qu'autre chose.

Deux ou trois fois, elle m'a invitée à dire ce qui me préoccupait, mais les mots sont restés coincés quelque part entre mon cœur et ma bouche. Je n'avais pas envie de parler. Ça n'aurait servi à rien de toute façon.

Comme je m'y attendais, elle voudrait que j'essaie de prendre une médication pour m'aider. C'était écrit dans le ciel: elle est pharmacienne, elle est entourée de médicaments toute la journée! Papa partage même son avis, maintenant. Il pense aussi que ce serait une bonne solution pour que je me fâche moins facilement et que je cause moins d'accidents. Mais moi, je refuse de gober des pilules tous les jours pour le reste de ma vie! Il me semble que j'ai mon mot à dire, non?

— Rien ne dit que tu devras en prendre lorsque tu seras adulte. Tu pourrais même en prendre seulement la semaine et arrêter la fin de semaine. C'est quelque chose dont on pourra discuter avec le médecin.

Évidemment, elle a pris un rendez-vous avec mon pédiatre pour en «discuter». Les psychologues n'ont pas le droit prescrire de médicaments et même si ma mère est pharmacienne, elle ne peut pas piger dans les pots de pilules comme elle le veut.

Au parc, je jongle avec mon ballon. Tout d'abord avec les pieds et ensuite avec la tête. J'aimerais bien qu'il y ait quelqu'un devant le filet pour que je m'exerce à compter des buts, mais il n'y a pas âme qui vive sur le terrain de soccer pour jouer avec moi. Ce n'est pas grave. De toute façon, je ne serais pas de très bonne compagnie.

Il fait chaud. Je m'assois pour boire un peu d'eau, puis je décide de me coucher sur la pelouse. L'herbe est légèrement fraîche et le ciel est tapissé de petits nuages, comme des boules de barbe à papa. On dirait qu'ils sont loin et proches à la fois. Je sors mon cellulaire et je prends ce beau spectacle en photo. Ce serait un bon cliché à utiliser comme écran d'accueil du téléphone. C'est calme, paisible. Tout ce que je ne suis pas, surtout en ce moment.

Je ferme les yeux. Je sens le soleil réchauffer ma peau. Je ralentis ma respiration et j'essaie de me concentrer sur le moment présent.

— Hey ! Voilà quelqu'un que je connais ! lance une voix au-dessus de moi.

J'ouvre les yeux et je vois William, l'arbitre de soccer que j'ai rencontré il y a quelque temps.

Je me redresse.

Ouf ! Mais de quoi j'ai l'air ? Je secoue les brins d'herbe qui sont restés collés à mon short et à mon t-shirt. Un employé de la Ville a coupé la pelouse plus tôt aujourd'hui, ce qui explique pourquoi je suis tapissée de gazon.

— Allô ! Qu'est-ce que tu fais ici ?

— J'arbitre une partie ici tantôt. Des U8.

— Ah oui ?

D'habitude, les parties ont toujours lieu en début de soirée. Est-il vraiment si tard ? Je regarde ma montre. Il est près de 18 heures. C'est drôle, je n'ai pas encore faim, même si c'est l'heure où je soupe la plupart du temps.

— La partie commence à 18 h 30. Je suis un peu en avance. Ma mère est venue me reconduire. Elle est repartie pour emmener ma sœur à sa propre partie, à l'autre bout de la ville.

— Ta sœur joue aussi ? Elle est plus petite ou plus grande que toi ?

— Ma sœur joue depuis qu'elle a 4 ou 5 ans à peu près. Aujourd'hui, elle a 10 ans.

— Moi aussi j'ai un frère plus jeune. Adrien a 9 ans... et il est super agaçant !

— Je crois que c'est le cas de tous les petits frères et petites sœurs !

— Sûrement !

Je prends mon ballon que je fais tourner entre mes mains. Je suis un peu mal à l'aise. Je ne sais pas trop quoi dire... Ce garçon m'intimide. Il est plus vieux que moi, il est super beau ET super gentil. Je me rends compte que je ne respire pas normalement. On dirait que je retiens mon souffle, que mes poumons ne sont pas aussi efficaces que d'habitude. Ça doit être la nervosité.

— Alors, tu es venue ici pour pratiquer ? Toute seule ?

— Je ne suis pas venue pour pratiquer, même si c'est un peu ce que j'ai fait… Je voulais surtout me défouler.

William rit.

— Je sais TELLEMENT ce que c'est ! Je fais la même chose parfois. Quand mon grand-père est mort, je suis monté sur mon vélo et j'ai pédalé le plus vite que j'ai pu, jusqu'à ce que je sois complètement épuisé. Il a commencé à pleuvoir et j'ai continué de rouler à toute vitesse.

— Je suis désolée pour ton grand-père.

— Il y avait longtemps qu'il était malade, ça n'a été une surprise pour personne, même si c'était un moment loin d'être joyeux.

Il se tait et regarde au loin.

— Et toi, pourquoi te défoules-tu au juste ?

Est-ce que j'ai envie de parler de quelque chose d'aussi personnel avec un garçon que je connais depuis si peu de temps ? Je n'en sais rien. M'a-t-il posé la question par simple politesse ? Non, je ne pense pas. Il a l'air vraiment gentil. Et puis zut, qu'est-ce qui m'empêche de lui parler franchement ? Je déteste mentir.

— Mes parents m'ont forcée à aller voir une psychologue pour savoir si j'avais un déficit d'attention.

— Et ?

Je frotte un côté de mon ballon qui est un peu sale avec ma manche. J'ai de la difficulté à regarder William dans les yeux.

— Eh oui, j'en ai un. Je l'ai su il y a trois jours. En bonus, je suis aussi hyperactive et impulsive. Le gros lot, quoi !

— Pourquoi ça te fâche ? Moi aussi j'ai un TDAH et je n'en ai jamais fait de cas. J'étais même content qu'on trouve pourquoi j'avais autant de difficulté à me concentrer et à me faire des amis.

J'écarquille les yeux et je le regarde des pieds à la tête. C'est vrai que ce n'est pas quelque chose qui est écrit sur le visage. Mais il a l'air… si calme ! Tout le contraire de moi !

— Je sais à quoi tu penses. J'ai une médication depuis l'âge de 8 ans. Ça m'aide beaucoup. J'ai les idées plus claires, je réussis à étudier, ce qui était impossible pour moi avant. J'ai même vu des changements dans mon jeu au soccer et dans d'autres sports. Je suis plus concentré.

Je ne vois pas ce qui pourrait aller mieux dans mon jeu au soccer. Et à l'école, j'ai de bonnes notes même si j'étudie peu. Il suffit que j'entende une notion une fois, et je la retiens facilement. En classe, les autres élèves qui parlent ou qui font du bruit avec leur chaise me dérangent, mais ça doit être la même chose pour tout le monde, non ? J'ai encore de la difficulté à comprendre comment la médication pourrait m'être utile.

— En tout cas, je ne suis pas prête.

— Pas prête à quoi ? Tu as sûrement déjà remarqué que tu bouges plus que les autres, que la moindre chose te dérange, que tu prends parfois des décisions trop rapidement. Tu étais TDAH avant que la psy te le dise.

Biscuit ! On dirait qu'il est dans ma tête. C'est en plein ce que je vis... depuis toujours !

— Tu as peut-être raison...

Il me donne une pichenotte sur l'épaule.

— Hé !

— Petite nuance, J'AI raison.

— C'est beau, tu as raison, alors. Mais c'est un choc, quand même. Ma mère veut aussi que je prenne des médicaments. Ça fait trop de changements en peu de temps.

— Tu vas voir, tu vas t'y faire.

Quelques enfants accompagnés de leurs parents commencent à arriver sur le terrain. Je vais devoir m'en aller. Je dis au revoir à William, je prends mon ballon et je m'éloigne d'un pas traînant.

— Hé ! Raphaëlle !

Je me retourne. William accélère le pas pour me rattraper.

— Tu n'es pas fâchée ? J'ai peut-être été un peu maladroit…

— Non, non, ne t'inquiète pas. Je ne suis pas fâchée et je ne t'en veux pas du tout. Ma mère va m'attendre, je retourne chez moi.

— OK. On se revoit à l'école en septembre.

— Oui, c'est ça. Bonne fin d'été.

— À toi aussi !

Anaé

17 août

Papa est retourné au travail depuis plus d'une semaine. Les directeurs d'école ne sont pas en vacances tout l'été comme les enseignants. En attendant la rentrée, je me promène entre l'école de mon père (où je peux même avoir un bureau à moi toute seule !), mes grands-parents, ma tante Julia et Emma.

Hier, avec Emma, on a fait du patin à roues alignées tout l'après-midi. Au retour, on s'est arrêtées dans un parc et on s'est assises sur un banc pour se reposer, car on était un peu essoufflées. C'est là que j'ai revu la fille qui voulait acheter mes patins à la vente-débarras ! Drôle de hasard ! Elle est passée devant nous sans même nous remarquer. Elle n'avait pas l'air d'avoir le moral.

— Tu la connais ? m'a demandé Emma entre deux gorgées d'eau.

C'est là que je lui ai raconté notre rencontre.

—Ah! Je vois. C'est mieux qu'elle ne t'ait pas vue, alors.

—Oui, je pense aussi. Pas sûre qu'elle me porte dans son cœur.

—En tout cas, c'est une belle fille. As-tu vu ses longs cheveux blonds? On voit seulement ça dans les magazines, d'habitude. Elle doit avoir plein de gars qui lui tournent autour.

J'ai regardé s'éloigner la fille dont j'avais oublié le nom. Je me rappelais que son nom pouvait aussi être celui d'un garçon. Dominique, Maxime, Emmanuelle, Gabrielle, Frédérique?... Puis, je m'en suis souvenue. Raphaëlle! Elle s'appelle Raphaëlle. Ensuite, je l'ai observée courir sur le terrain de soccer en donnant des coups de pied sur un ballon. On aurait dit qu'elle y mettait toute son énergie.

—Elle a l'air pas mal sportive, ai-je dit. Même si elle a un joli visage, je ne suis pas certaine que c'est le genre de filles qui attirent les gars. Son style ne doit pas l'aider tellement…

Elle portait un short noir de sport trop grand et un t-shirt informe blanc ou beige (ou simplement sale…). Étaient-ce ses vêtements ou avait-elle emprunté ceux de son frère ou de son père? Je n'aurais su dire.

Elle ne sait peut-être pas comment s'habiller à son avantage ou bien elle n'en a tout simplement pas envie. Je ne suis pas une grande partisane du short hyper court, des chandails qui dénudent le nombril ou des hauts plongeants, loin de là. Je trouve même qu'il y a des filles qui exagèrent carrément. Mais on n'est pas obligé de suivre la mode à la lettre ou de se vêtir comme un mannequin pour bien s'habiller. Emma, qui peut acheter à peu près tous les vêtements qu'elle veut, a un style bien à elle. C'est sa signature personnelle, sa marque de commerce ! Tout ce qu'elle porte est super beau !

J'aime que papa m'achète des vêtements confortables, mais qui ont un certain style. J'adore les jupes. J'aime aussi les robes, mais je ne sais pas pourquoi, je préfère les jupes. J'en ai de très longues, des plus courtes, des droites, des amples, des brodées... J'aime aussi les couleurs pastel, les tissus mous, les imprimés de toutes sortes. J'ai une blouse avec plein de petits cœurs et une autre avec des silhouettes d'oiseaux, je les trouve très chouettes. J'ai réussi à convaincre mon père de s'acheter une chemise hawaïenne, avec des grosses fleurs. Il l'a portée quand on était à Paris. Il avait vraiment l'air en vacances !

Aujourd'hui, je passe la journée avec mon grand-père. Ma grand-mère va dans un centre de jour maintenant, pour qu'il puisse avoir un peu de répit. Je sais que ça le rend triste, mais c'est la meilleure solution pour elle et pour lui. Il n'a pas le temps de souffler quand ma grand-mère est là. Il n'est plus très jeune non plus. Son arthrite le fait beaucoup souffrir. Il porte souvent des gants avec les doigts coupés ; ça soulage ses mains.

Ce midi, nous dînons au restaurant de ma tante Julia, Le Clafoutis. C'est un endroit que j'adore. Le décor est champêtre, tout simple et accueillant. Les tables, les chaises et les moulures sont en bois vernis. Les rideaux que ma grand-mère a crochetés bien avant ma naissance sont accrochés aux fenêtres. Des assiettes en faïence bleue ainsi que des coqs en terre cuite sont disposés sur de longues tablettes en hauteur.

Au restaurant, je peux me promener où bon me semble. Je vais souvent dire un petit bonjour au chef en cuisine, Paulo. Je crois qu'il travaille ici depuis toujours ! J'aime son petit accent chantant et sa bonne humeur.

Il m'arrive même de desservir les tables ou de donner de l'eau aux clients quand les serveuses sont débordées. Une fois, Mélissandre m'a donné une partie de ses pourboires parce que je l'avais aidée alors qu'une serveuse était malade et que les autres se démenaient pour servir tout le monde. Mélissandre est toujours très gentille avec moi. Ce midi, elle m'a apporté une part de clafoutis aux framboises beaucoup plus grosse que d'ordinaire. Elle sait que c'est mon dessert préféré.

— Alors, Anaé, qu'est-ce que tu veux faire cet après-midi ? me demande mon grand-père entre deux gorgées de tisane.

— Je ne sais pas... Toi, tu as envie de faire quoi ?

— Si on allait chez toi ? Je me ferais un plaisir de m'asseoir dans votre gros fauteuil bien confortable pour t'écouter jouer du piano. J'ai toujours aimé ça, dit-il en me piquant un petit morceau de clafoutis.

— Vendu !

Je pousse mon assiette vers lui pour qu'il puisse se servir. J'en ai trop de toute façon.

Une fois notre dîner terminé, nous montons dans sa voiture pour nous rendre chez moi. Elle est beaucoup plus grosse que celle de mon père, il y a plein de bidules électroniques dont il ne sait même pas se servir et les sièges sont chauffants. Mais bon, en pleine canicule comme aujourd'hui, on oublie ça… Elle est climatisée, par contre, ce qui est beaucoup plus utile !

À la maison, je joue quatre ou cinq morceaux à mon grand-père et lorsque je tourne la tête pour lui demander ce qu'il voudrait entendre ensuite, je me rends compte qu'il s'est assoupi ! Bien calé dans le gros fauteuil en cuir de papa, son préféré, on dirait qu'il ronronne. Il ne ronfle pas vraiment, mais sa respiration gronde un peu. Je ne suis pas fâchée. Ce n'est pas la première fois que ça arrive. Je referme doucement le couvercle du piano et m'éloigne sur la pointe des pieds. Il pourra bien dormir un petit quinze minutes ou une grosse heure.

Alors que je passe devant la porte d'entrée pour me rendre à la cuisine, je vois l'ombre de quelqu'un derrière la fenêtre givrée. On dirait un enfant ou un jeune de mon âge. Je l'entends frapper trois petits coups. Je sais que mon père ne veut pas que j'ouvre la porte à des inconnus, mais si cette personne sonne, elle va réveiller mon grand-père. C'est sûrement un scout qui veut qu'on lui achète du chocolat ou un garçon qui s'offre pour tondre notre pelouse.

J'ouvre tout doucement et je découvre que ce visiteur n'est nul autre que… Thomas ! Mais que vient-il faire chez moi ? Je suis si surprise que je ne pense même pas à le saluer.

— Thomas ? Tu sais où j'habite ?

Il paraît un peu hésitant et agite nerveusement un pied.

— Au party de fin d'année, j'ai compris que tu étais la voisine d'Emma quand j'ai vu ton père se diriger vers ici pour aller chercher quelque chose. Et j'ai aussi reconnu ton vélo dans la cour.

— OK…

Comment sait-il que ce vélo m'appartient ? Je ne suis allée à l'école à vélo que deux ou trois fois. C'est bizarre. M'observait-il en secret ? Je zappe rapidement cette idée. Cela ne m'explique pas pourquoi il est là.

— Est-ce que je peux te parler ?

— Euh… oui. On va rester sur le perron, je ne voudrais pas qu'on réveille mon grand-père. Il dort dans le salon.

Je referme la porte et je l'invite à s'asseoir sur les marches à côté de moi. Ça me fait tout drôle qu'il soit là, si près. Thomas est venu tout spécialement pour me voir. J'en suis flattée. Il est très beau aujourd'hui. Il porte un t-shirt fuchsia et des bermudas carreautés. Le rose sur un gars, j'ai toujours trouvé que ça donnait de la personnalité. Cette couleur lui va à merveille !

—Alors, qu'est-ce que tu voulais me dire de si important?

—Est-ce que tu es amie avec Justin-Émile sur Facebook?

—Justin-Émile? Es-tu fou? C'est bien la dernière personne sur terre avec qui je serais amie.

—C'est ce que je me disais...

Il sort un téléphone cellulaire de la poche arrière de son bermuda et tapote quelques fois sur l'écran. Il enchaîne:

—Moi, je l'étais. Je ne sais même pas pourquoi j'étais ami avec lui, d'ailleurs, je ne l'ai jamais aimé.

—Pas besoin de te justifier, tu as le droit d'être ami avec qui tu veux.

—En tout cas, tu ne vas pas être contente... Il a mis des photos sur sa page hier soir et dès que je les ai vues, je me suis dit que je devais t'en parler. De vive voix.

Aïe! Pourquoi vient-il ici pour discuter des photos que Justin-Émile a publiées? Tout à coup, j'ai peur. Y aurait-il des photos de... moi?

Thomas me tend le téléphone, presque à regret. Effectivement, c'est une photo de moi. En fait, c'est une photo prise alors que j'étais au pied du balcon chez Emma, lors du *beach party*. La photo a justement été prise du balcon et présente, en gros plan, le décolleté plongeant de mon maillot de bain. Pour qui se prend-il, celui-là ! Mais le pire est moins la photo elle-même que la description qu'en a faite Justin-Émile : « Ce n'est pas des boules qu'elle a, la Chinoise, c'est des billes ! LOL ! »

Je deviens rouge tomate instantanément. Il est tellement vulgaire ! Sans réfléchir, je touche ma poitrine. Je sais que j'ai des petits seins, je ne le nie pas, mais de quel droit met-il une photo de moi si dénigrante sur Facebook ? En plus, j'ai les yeux à moitié fermés, j'ai l'air d'une belle tarte. Une belle tarte avec des petits seins.

Je descends l'écran et je lis les autres commentaires, tous plus méchants les uns que les autres, parfois même de personnes que je ne connais pas. Il y en a bien deux ou trois qui ne semblent pas être d'accord avec la publication de cette photo, comme Thomas qui a écrit en lettres capitales : « MAUDIT CRÉTIN ! ENLÈVE ÇA TOUT DE SUITE ! »

Justin-Émile, égal à lui-même, lui a répondu : « Qu'est-ce que tu vas faire ? Le dire à ta mère ? Bébé lala ! »

— Après ça, il m'a bloqué. Mais j'ai eu le temps de faire une capture d'écran avant. Pour être sûr de garder une preuve.

Je suis bouche bée. C'est tellement, tellement… Je ne trouve même pas de mot pour dire le sentiment qui m'habite. Je suis révoltée. Oui, c'est ça. Révoltée, écœurée et extrêmement embarrassée. Et pourquoi cette photo sort-elle seulement maintenant ? Il y a quand même quelques semaines que le *beach party* a eu lieu.

Je redonne le téléphone à Thomas sans rien dire. Il me demande :

— Qu'est-ce que tu vas faire ?

— Je ne sais pas. Est-ce que je peux faire quelque chose ? C'est déjà sur Internet ! Justin-Émile, il a combien d'amis Facebook ?

— Autour de deux cents, je pense.

— Alors tu vois, il y a déjà plus de deux cents personnes qui ont vu cette photo.

Ma voix se casse. En le disant, je comprends toute la portée du geste de cet idiot de Justin-Émile. Je détourne la tête pour que Thomas ne me voie pas pleurer. Mais c'est peine perdue. Je sanglote quelques instants, la tête cachée dans mes bras, en pensant à tous ceux qui ont ri de moi, à tous ceux qui ont jeté un regard indiscret sur mes seins. Le mal est fait. De quoi ai-je l'air ? Vais-je être la risée de tous les élèves de l'école maintenant ? Ce n'est qu'une petite photo, mais l'impact sur ma vie est immense.

— Qu'est-ce qui se passe ?

C'est la voix d'Emma. Elle était sûrement curieuse de savoir ce qu'on faisait. Je relève la tête et je renifle. Emma inspire bruyamment par le nez et se tourne vers Thomas, en furie.

— Qu'est-ce que tu as fait ? Qu'est-ce que tu lui as dit pour la faire pleurer comme ça ?

Il faut que je calme mon amie. Elle ne comprend pas du tout ce qui se passe.

— Emma, relaxe, ce n'est pas de sa faute, lui dis-je faiblement.

— Comment ça, pas de sa faute ? Tu ne pleures pas pour rien, je te connais. Qu'est-ce qu'il t'a dit ?

Elle se tourne vers Thomas.

— Je te gage qu'Anaé n'est pas assez bonne à ton goût, que ce n'est pas ton genre de fille ? Tu n'as pas dû être tendre avec elle pour qu'elle soit aussi triste, oh non !

Emma s'accroupit à mes côtés et caresse mon dos, pour me réconforter. Thomas est dans ses petits souliers. On dirait qu'il a peur qu'elle le morde.

— Non ! Ce n'est pas ce que tu penses. C'est… c'est…

Thomas me lance un regard désespéré. C'est à moi de mettre les choses au clair, même si je n'en ai pas envie. Une fois que j'ai tout déballé à Emma, c'est elle qui est mal à l'aise.

—Oh, je ne croyais pas que...

Un silence embarrassé s'ensuit.

—Je pense que je ferais mieux d'y aller, dit Thomas en se levant.

—Tu n'es pas obligé de partir. Emma a compris que ce n'était pas de ta faute. Hein, Emma ?

J'essuie mes yeux avec mon bras et j'essaie de ne pas renifler. Il y a beau avoir une photo de moi à moitié nue sur le Web, j'ai encore un certain orgueil.

—Oui, oui, Anaé a raison. Je m'excuse, Thomas, ajoute-t-elle en se raclant la gorge.

—Il faut que j'y aille de toute façon. Donne-moi ton adresse courriel et je vais t'envoyer une copie des captures d'écran que j'ai faites. Ça pourra t'aider à... porter plainte ou pour d'autres démarches.

Je dicte mon courriel à Thomas et il m'envoie immédiatement les photos à partir de son cellulaire.

—C'est parti ! s'exclame-t-il en pesant sur son écran. Tiens-moi au courant.

—OK.

—Désolé encore d'avoir été le porteur d'une mauvaise nouvelle.

— Ce n'est pas grave. Au moins, je suis au courant maintenant.

Thomas remonte sur son vélo qu'il avait laissé dans le gazon et nous envoie la main au bout de la rue.

— Il a été gentil de venir te parler. Il n'était pas obligé. Ça doit vouloir dire qu'il t'aime bien, m'encourage Emma en passant son bras autour de mes épaules.

— Est-ce qu'on rentre ? J'ai la goutte au nez depuis tantôt parce que j'ai pleuré. Ne fais pas de bruit, mon grand-père dort au salon.

— Encore ?

Emma trouve très drôle que mon grand-père s'endorme aussi facilement. L'année dernière, un soir qu'on jouait aux cartes avec mes grands-parents, il s'était endormi en plein milieu de la partie. Emma pensait qu'il blaguait. Mon grand-père se réveille aux aurores depuis toujours, alors il est fatigué tôt en soirée et il fait souvent des siestes l'après-midi.

Après m'être mouchée le plus silencieusement possible à la cuisine, j'en profite pour sortir le gros casseau de fraises que papa a acheté au marché hier. J'en croque quelques-unes sans même les laver. Au diable les pesticides, ce n'est pas quelques fraises qui vont me tuer !

— Je savais que Justin-Émile prenait un malin plaisir à rire de tout le monde, mais je ne pensais pas qu'il était si méchant, fait remarquer Emma en prenant une fraise.

J'appuie ma tête sur mon poing. Je me sens découragée et blessée. Quand je pense à toutes les personnes qui ont regardé mes seins sur cette photo, j'ai envie de vomir. Des centaines d'yeux se sont posés sur mon corps. Ils m'ont déshabillée du regard, ils ont tenté d'enlever mon maillot, de deviner ce qui se cachait derrière. Je repose sur le comptoir la fraise que je m'apprêtais à manger. J'ai un drôle de goût dans la bouche. J'avale, mais le mauvais goût persiste, comme s'il était collé à ma langue.

Emma me sourit tristement.

— Faut pas essayer de comprendre, au fond. Il doit vouloir chercher de l'attention. Je ne vois pas d'autre raison.

— J'ai honte. J'ai tellement honte, Emma ! Et je ne sais même pas pourquoi.

— Mais tu n'as pas à avoir honte, Anaé. Tu n'as rien fait de mal. C'est de sa faute, pas de la tienne, voyons !

— C'est comme le rêve que je fais parfois où je me retrouve toute nue dans un endroit public et où je suis incapable de retrouver mes vêtements. Tout le monde me regarde et rit de moi.

— Oh !

Emma vient s'asseoir à côté de moi et me serre dans ses bras. Je me remets à pleurer de plus belle.

— Je ressens tellement de colère, si tu savais, dis-je entre deux sanglots. S'il était devant moi, je pense que… je pense que je le frapperais !

— Je te comprends. J'ai envie de faire la même chose. Ça nous défoulerait, mais ça ne réglerait rien.

Je me laisse aller quelques instants sur l'épaule de mon amie. Elle sent la crème solaire. Mes pleurs finissent par se calmer. Je suis lasse, fatiguée par en dedans. Je relève ma tête, qui me paraît soudain très lourde.

— Alors, qu'est-ce que je fais maintenant ?

Raphaëlle

18 août

J'ai décidé de me mettre à la course. Je n'ai pas pris cette décision sur un coup de tête. Tout l'été, au soccer, je me suis rendu compte que je manquais de souffle quand il fallait que je coure longtemps sur le terrain. J'ai essayé de suivre Sarah quelques fois, mais je n'y arrivais pas. D'habitude, je m'en sors bien en m'arrêtant pour observer les joueuses de l'autre équipe. Je me tiens un peu plus à l'écart et j'arrive à bien prédire leurs mouvements, mais je dois parfois prendre mes jambes à mon cou pour rattraper une joueuse adverse qui m'est passée entre les pattes et là, je ne suis pas au mieux de ma forme. C'est grand, un terrain de soccer!

Lundi matin, j'ai donc mis des souliers de course et je suis allée courir, après avoir envoyé un selfie à papa, évidemment! Il faisait beau soleil, mais pas trop chaud. Je me suis dit que c'était une température idéale. Quand je suis partie, Adrien était levé et mangeait des céréales à même la boîte dans le salon, alors que maman dormait encore. Elle est dans sa dernière semaine de congé, on peut bien la laisser dormir un peu. Elle a visité une maison jusqu'à tard hier soir, mais quand elle est rentrée, elle m'a dit qu'elle n'allait pas l'acheter. Elle avait l'air découragée.

— Je pense que je vais laisser tomber les visites pour un temps. Je ne trouve rien à mon goût et de toute façon le bail de l'appartement ne prend fin qu'au 1er juillet, j'ai encore du temps.

J'ai à peine fait un tour du pâté de maisons que je pensais que mes poumons allaient me sortir par la bouche ! Je me suis assise sur le muret de béton qui délimite le stationnement de notre immeuble pour reprendre mon souffle. Je suis super sportive, pourquoi est-ce que je n'étais pas capable de courir ? Je fais du soccer tout l'été, je joue souvent au hockey avec mes voisins, je fais beaucoup de vélo. C'est simple, pourtant, courir ! Tu mets un pied devant l'autre… rapidement !

Je suis rentrée à la maison complètement déprimée. Mon téléphone indiquait que j'avais à peine franchi un kilomètre. Un minable petit kilomètre.

Une heure plus tard, j'ai reçu un texto de papa.

Et puis, la course ? ☺

Je suis super poche. Ça ne vaut même pas la peine de continuer.

Tu ne vas pas lâcher comme ça ! Quand on va se voir demain soir, je vais te donner un petit cours.

Il n'y a pas d'espoir.

Mais non ! Tu apporteras tes espadrilles ! Je t'aime ! XXXX

Quelques instants après, il m'a même envoyé un selfie de lui en train de me faire une grimace pour me remonter le moral.

Ce soir, Adrien et moi sommes chez papa. Ça tombe bien, car tous les mercredis de l'été, au pavillon des loisirs de la ville, il y a de la Zumba en plein air et maman ne manquerait ça pour rien au monde. Cette année, elle y va avec Louisa, notre voisine de palier. Louisa est une grand-mère active. Elle bouge presque autant que moi. Elle porte souvent un petit ensemble moulant rose fluo. Le moins qu'on puisse dire, c'est que, dans une foule, on ne peut pas la manquer ! Même ses chaussures de sport sont roses.

Papa prépare le souper de bonne heure.

— Règle numéro 1 : il ne faut pas manger juste avant de courir, me dit-il. Mieux vaut manger une heure ou deux avant. De toute façon, on prendra une petite collation en revenant.

Ouin… C'est vrai que lundi, je n'avais même pas déjeuné. Je pouvais bien trouver ça difficile ! Je devrais déjeuner au gruau la prochaine fois que je compte courir le matin, comme quand j'ai disputé mon dernier tournoi de soccer, et aller courir une heure plus tard.

Papa, lui, court depuis longtemps. Depuis bien avant que la course soit à la mode, en tout cas. Je l'ai toujours entendu dire que les policiers doivent faire le maximum pour se tenir en forme. Il participe rarement à des courses organisées, mais il a son petit circuit à lui dans les rues du quartier. « Un petit huit kilomètres », comme il dit. Rien que ça ! Dans ses bonnes journées, il fait ce parcours deux fois, en plus !

Pendant que j'aide papa à desservir la table, il se fait un plaisir de m'expliquer les bases de la course à pied.

— Il faut commencer graduellement. Si tu pars trop vite, comme tu as voulu le faire, tu vas te décourager. Tu pourrais même te blesser. Une étape à la fois. Au début, il faut alterner la course et la marche.

— Mais je ne veux pas marcher, je veux courir ! Je sais déjà marcher !

— Oui, mais ton cœur, tes poumons, tes jambes ne sont pas habitués à courir. Tu dois les faire travailler chaque fois plus fort et plus longtemps. C'est très exigeant, la course. Au début, je te suggère d'alterner trente secondes de marche et trente secondes de course. Avec le temps, tu diminueras le temps de marche et tu allongeras tes distances.

— Ça va prendre du temps avant que je coure pour de vrai !

— Peut-être, mais personne ne se lance dans un marathon du jour au lendemain !

— Tu en as déjà couru un, marathon ?

— Non, mais il m'est arrivé à quelques reprises de faire un demi-marathon. La dernière fois, c'était pour ramasser de l'argent pour les enfants malades.

— As-tu récolté beaucoup de sous ?

— Je me suis inscrit avec ton oncle, et à deux, on a amassé quelques milliers de dollars. On est allés chercher des commandites un peu partout et plusieurs collègues de travail ont aussi contribué. C'était une belle expérience.

— Tu n'as même pas gardé un peu d'argent pour toi ? demande Adrien.

— Pas un sou.

— Hein ? Je ne comprendrai jamais les grandes personnes, moi…

Deux heures après avoir fini de souper, nous enfilons nos vêtements de sport. Pour moi, c'est le genre de vêtements que je porte tous les jours : un short en maille noir et un haut sans manches rayé noir et blanc. Papa est un peu plus équipé que moi. Il n'a pas l'air d'un amateur, lui !

Même si ça ne le tente pas, Adrien va nous suivre en vélo. Et encore, papa a dû lui promettre une demi-heure de jeu vidéo supplémentaire pour le convaincre de nous accompagner.

— On n'apporte pas de bouteille d'eau ? demandé-je à mon père en fermant la porte de la maison.

— Ça ne vaut pas la peine. On ne courra pas assez longtemps.

Je m'inquiétais un peu que ce soit difficile de suivre la cadence de mon père, mais il calque sa vitesse sur la mienne.

Comme il l'a suggéré, nous alternons marche et course. C'est vrai que c'est beaucoup plus facile ainsi. Nous revenons à la maison après une quinzaine de minutes et je ne suis pas à moitié morte comme lundi matin !

— Et puis ? lance papa, même pas essoufflé.

— C'était correct. Mais tu vas voir, un jour, je vais te battre !

— Ha, ha ! On verra ça !

Raphaëlle

21 août

Je suis assise à table, la tête enfouie dans mes bras croisés. Devant moi, il y a un tout petit pot en plastique rempli de comprimés blancs. Il y en a trente. Un pour chaque jour du mois. Je redresse le torse et roule le pot cylindrique sur la table de bois.

HD est assis à côté de moi et me regarde d'un œil intéressé. On dirait qu'il attend que je lui donne quelque chose. Il suit le contenant des yeux. C'est peut-être le cliquetis des cachets qui s'entrechoquent qui le fascine. Je sors mon cellulaire de ma poche et je prends une photo que j'envoie à mon père.

HD te fait dire bonjour.

Quelques instants plus tard, papa me répond:

La prochaine fois que je passerai devant une animalerie, j'achèterai un gros os juste pour lui ! XXX

Comme nous passons plus de temps avec ma mère, mes parents ont décidé que le chien resterait chez elle, même si mon père a toujours beaucoup aimé HD. Notre propriétaire est super fin de tolérer les chiens ! Ce ne sont pas tous les propriétaires qui acceptent les animaux de compagnie.

Maman est en train de préparer son lunch. Elle me jette des coups d'œil à l'occasion, soupire, mais ne dit rien.

Le médecin et elle m'ont convaincue de prendre ces médicaments pour mon TDAH. Même papa est venu au rendez-vous ! Nous sommes restés presque une heure dans son bureau. J'avais beaucoup de questions (et de réticences !), mais le médecin a pris son temps pour tout m'expliquer et me rassurer. Papa aussi avait des interrogations d'ailleurs, et en sortant de la clinique, il m'a dit qu'il était très content de nous avoir accompagnées. Maman, elle, n'a presque pas parlé, ce qui n'est pas dans ses habitudes. Elle est pharmacienne, alors elle sait déjà tous les effets de la médication. Elle a déjà essayé de me l'expliquer, mais ce que m'a dit le docteur Fortier était beaucoup plus imagé et simple à comprendre.

— C'est comme s'il y avait un orchestre dans ton cerveau : des flûtistes, des violonistes, des violoncellistes, etc., mais pas de chef d'orchestre. Du coup, lorsque vient le temps de jouer une pièce, les musiciens suivent chacun leur partition, mais ils ne sont pas du tout coordonnés. Le médicament, c'est comme le chef d'orchestre. Il va diriger les musiciens, battre le tempo, et la pièce musicale sera beaucoup plus agréable à écouter.

Hier soir, j'ai passé une partie de la soirée à dessiner des trompettes, des trombones, des tambours. Ce n'est pas dans mes habitudes, mais ça m'aidait à me calmer un peu. Mais j'étais tellement stressée que j'ai dû me réveiller douze fois cette nuit. Je regardais mon réveil quelques secondes, je me tournais, je tirais mes couvertures et je tentais de me rendormir. Il y avait toutes sortes d'ombres bizarres au plafond. Je n'avais pas peur, mais j'essayais de deviner à quoi elles me faisaient penser. Un arbre, un lapin, une flûte. Je revenais toujours à cette idée d'orchestre, tout désordonné. C'est beau, un orchestre. C'est grand, majestueux. Est-ce que je suis comme ça dans ma tête ? Je n'en suis pas sûre du tout.

Il faut que j'arrête de réfléchir, de trop penser. Ça ne me mènera nulle part de toute façon. La décision a été prise. Même si ce n'était pas mon idée, même si je ne suis pas convaincue que ce médicament m'aidera vraiment, j'ai accepté d'essayer. Oui, c'est un essai. Si jamais je n'aime pas comment je me sens, ça finira là, un point c'est tout. C'est mon corps, après tout, c'est moi qui décide.

Allez, un peu de courage.

Je prends une grande gorgée d'eau, j'ouvre le pot à la va-vite (je renverse quelques comprimés sur la table par la même occasion), et j'avale cette pilule maudite. Advienne que pourra.

Trois heures postmédicament.

Je me sens à la fois pareille… et différente. C'est vraiment difficile à décrire. On dirait que je vois plus clair. C'est comme si je remarquais plus de choses. Mes pensées ne bougent pas tout le temps comme elles le font d'habitude. Je suis capable de m'attarder à une idée à la fois. Toutes attendent bien sagement leur tour sans faire de tapage.

Tantôt, je faisais mon lavage. En général, je démarre la machine à laver sans regarder aucun bouton. Là, j'ai pris la peine de vérifier que c'était bien un lavage à l'eau froide et comme je n'avais pas beaucoup de vêtements, j'ai sélectionné le niveau d'eau approprié. Je savais ce que j'avais à faire et je n'ai rien oublié.

William avait peut-être raison... Il faudrait bien que je trouve le moyen de le lui dire, mais j'ignore à peu près tout de lui. C'est dommage. J'aurais pu lui envoyer un petit texto, mais je ne sais même pas s'il a un cellulaire.

Il va falloir que j'attende la rentrée pour lui reparler.

Le secondaire... J'espère que plusieurs choses vont changer à mon retour à l'école. Tout d'abord, je souhaite très fort me faire des amies. Juste une, au moins. Ça me manque, quelqu'un avec qui jaser de tout et de rien. Ce n'est pas trop demander, non ? En multisports, je vais sûrement rencontrer d'autres personnes qui, comme moi, adorent bouger. Je me croise les doigts pour qu'il y ait des filles inscrites dans le même programme que moi. J'aime les gars, mais discuter entre filles, c'est différent. Et mon petit cœur aimerait aussi avoir un amoureux... Ce William, il a l'air bien. Je ne sais pas ce qu'il pense de moi, mais on ne sait jamais... On a plusieurs points en commun, après tout.

Anaé

23 août

Ça fait presque une semaine que Thomas m'a informée pour la photo que Justin-Émile a mise sur Facebook et je n'ai toujours pas été capable d'en parler à mon père. Je ne sais pas pourquoi. On dirait que j'ai honte. Je sais que je n'ai rien fait de mal, mais je me dis que j'aurais peut-être pu m'habiller un peu plus, j'aurais pu surveiller, pour qu'on ne me prenne pas en photo… C'est bête, je le sais. Ce n'est pas de ma faute ! C'était un *beach party,* j'allais me baigner quelques minutes plus tard.

— Tu lui as toujours tout dit ! s'est exclamée Emma ce matin quand elle m'a re-re-redemandé si j'avais ENFIN raconté à mon père ce qui m'arrivait. Tu n'arrêtes pas de dire que vous avez une super relation tous les deux, que vous ne vous cachez rien !

— Oui, mais là, c'est différent.

— Mets-en que c'est différent! On est en train de te traiter de tous les noms sur Internet et toi, tu ne fais rien.

— Je ne sais pas ce qu'il faut que je fasse! J'ai envoyé un message à Justin-Émile pour lui dire que je savais pour la photo et que je voulais qu'il l'enlève, mais il ne m'a pas répondu. Je ne peux même pas voir la photo en question sur son profil...

— Va voir ton père, il saura quoi faire, lui. Il est directeur d'une école secondaire, ce ne sera sûrement pas la première fois qu'il sera mis au courant d'une affaire du genre.

— Ça tombe mal, il a une super grosse semaine à l'école. Les profs sont rentrés hier et il doit préparer plein de rencontres. Il y a des problèmes d'horaires, de locaux, de matériel informatique... Il a travaillé sur son ordi tous les soirs, parfois très tard.

— Anaé, si tu ne vas pas le voir aujourd'hui pour tout lui déballer, c'est moi qui vais le faire.

Emma me regarde en plissant les yeux. Je la connais. Ce ne sont pas des paroles en l'air. Elle a raison. Je n'aime pas la chicane et je sais que dès que je vais mettre mon père au courant, il y aura des vagues. J'en aurais peut-être parlé à Julia, mais elle est partie à Las Vegas cette semaine. Mon oncle Olivier devait s'y rendre pour son travail et il voulait qu'elle vienne avec lui. Elle a beaucoup hésité, surtout à cause du resto, mais finalement, elle a suivi son mari. Ça va lui faire de belles vacances ! Mon grand-père lui a promis d'aller faire un tour tous les jours au Clafoutis. Il connaît ce restaurant comme sa poche, après tout.

Papa arrive plus tôt que je ne l'avais prévu. Il a la joue un peu enflée. Ah ! Je me souviens maintenant ! Cet après-midi, il avait un rendez-vous chez le dentiste pour une dent qui lui faisait mal. Il traîne cette douleur depuis un petit bout de temps déjà, et il a pris le premier rendez-vous qu'on lui a proposé, même si le moment était mal choisi pour lui.

Il dépose dans le frigo la boîte de sushis qu'il a été chercher au restaurant.

— Alors, cette dent ?

— J'ai une grosse carie. Le dentiste m'a fait un plombage, mais il a eu quelques problèmes, je pense. Il a zigonné longtemps dans ma bouche.

C'est en train de dégeler, et ça fait mal! Plus qu'avant qu'il ne traite ma dent.

Il parle un peu drôle, la moitié de ses lèvres ne bouge presque pas. Je n'ai encore jamais eu de plombage, alors je ne sais pas ce qu'il faut faire dans ce cas-là.

—Veux-tu un verre d'eau ou quelque chose d'autre?

—Non, non, tu es gentille, j'ai pris deux Tylenol, et je vais aller m'étendre au salon. J'ai aussi mal à la tête d'avoir eu le cou tendu si longtemps, sans oublier le bruit désagréable de la fraise. Brrr!

—Est-ce que tu vas être capable de manger des sushis ce soir?

—Tu le sais bien, je ferais n'importe quoi pour des sushis! Je ne suis pas inquiet, ça devrait être correct… Sinon, il y en aura plus pour toi.

Bien incliné dans son gros fauteuil, papa allume la télévision. Je prends mon courage à deux mains et je vais m'asseoir à côté de lui. Les deux captures d'écran que m'a envoyées Thomas sont sur mon téléphone dans ma poche arrière.

—Tu veux me dire quelque chose, ma grande?

—Oui, mais ce n'est peut-être pas le bon moment. Ça peut attendre…

—Non, vas-y, j'ai tout mon temps.

Il éteint le téléviseur.

Je prends une grande inspiration et je lui montre la photo.

— Quelqu'un a mis ça sur Internet la semaine dernière.

Mon père les regarde attentivement et je vois rapidement ses traits se durcir. Il pince les lèvres et ses narines se dilatent. Je connais cette expression. Il dépose les feuilles sur la petite table basse avec dédain. Ce serait un fruit pourri qu'il aurait eu la même attitude.

Il se redresse dans son fauteuil et se rapproche de moi. Sur son visage, je lis toutes sortes d'émotions et de sentiments : de la colère, de la tristesse, du découragement, de la pitié, du mépris, de la compassion… Je trouve difficile de le regarder, alors je baisse les yeux. Je n'aime pas le voir si bouleversé à cause de moi. Papa relève mon visage du bout des doigts. Son expression se veut un peu plus rassurante.

— Tu as bien fait de venir me voir. Je ne connais pas très bien les médias sociaux, mais il doit bien y avoir une façon de faire enlever cette photo et ces commentaires.

— Je ne sais pas… J'ai un compte Facebook, mais je ne l'utilise presque pas. Je ne sais même pas trop comment ça fonctionne.

Il frotte mon épaule doucement pour me faire sentir qu'il est avec moi.

—Parle-moi plutôt de toi. Tu dois être toute retournée.

—Je me dis que ça aurait pu être pire...

Je fais une pause. C'est difficile.

—... mais je me sens humiliée de savoir que tout un tas de personnes ont vu cette photo et écrit ces commentaires. Je ne comprends pas qu'on prenne plaisir à faire du mal aux autres.

—C'est parce que tu as un grand cœur, ma petite fleur. Ce n'est pas le cas de ce garçon. Quand on est rendu à rabaisser les autres pour avoir de l'attention, c'est qu'on a un très gros problème.

—Au moins, il ne sera pas à la même école que moi cette année...

Je me mords la lèvre en grimaçant et mes yeux s'embuent. Ça fait une semaine et j'ai encore le cœur à l'envers quand j'en parle.

—... mais j'ai peur que d'autres de ses amis m'écœurent ou rient de moi.

—Si ça arrive, dis-le-moi tout de suite et je prendrai les mesures nécessaires pour que ça cesse. Et je ne le ferai pas parce que tu es ma fille. Je ferais la même chose pour n'importe quel élève de mon école.

—D'accord.

— Et le mieux à faire si jamais on y fait allusion, c'est d'ignorer ces personnes, de leur montrer que ça ne t'atteint pas. Puis tu viens m'en parler.

Papa regarde de nouveau la photo et réfléchit quelques instants.

— Attends-moi deux minutes, j'ai une idée. Je sais exactement à qui m'adresser pour savoir comment réagir.

Il se lève pour aller prendre son téléphone qu'il avait laissé sur le comptoir de la cuisine et passe un coup de fil.

— Oui, allô, Jasmin ? Est-ce que je te dérange ? J'aurais une question à te poser...

Si je me souviens bien, Jasmin est un prof de son école. Je pense qu'il enseigne les mathématiques et l'informatique.

J'ouvre le frigo et je reste là, plantée comme un piquet à regarder son contenu. La boîte de sushis, du yogourt, des fruits, du fromage, un reste de tarte au citron... Je n'ai même pas faim. Le frigo fait alors un « Bip ! Bip ! » sonore pour m'avertir que la porte est ouverte depuis longtemps. Je le referme et je m'assois sur un tabouret. Je n'ai rien d'autre à faire que de pianoter sur le comptoir. Tiens, je pourrais aller jouer un peu de piano pour me détendre.

Je vais au salon, m'assois au piano, ferme les yeux et laisse mes doigts courir sur les touches. Je fais le vide dans mon esprit. Je joue fort pour enterrer mes pensées. Je laisse la musique entrer dans mon cœur. Je sens des fourmillements qui partent de mes mains, montent à travers mes bras, enveloppent mon cœur. Ça y est, la musique est en moi.

J'en suis toujours à répéter *La marche turque* de Mozart (quel morceau difficile !), quand papa vient me rejoindre.

— Bon, Jasmin vient de m'expliquer comment faire pour signaler la photo à Facebook. Il paraît que c'est le genre de choses qui ne traîne pas.

— Je l'espère…

Anaé

25 août

Même si nous avons signalé la photo prise à mon insu aux administrateurs de Facebook, mon père a aussi tenu à communiquer avec les parents de Justin-Émile. Je n'étais pas sûre du tout que ce soit une bonne idée.

— Ses parents ne doivent pas être au courant des niaiseries de leur fils sur Internet. Je pense qu'il est important de les aviser pour que ça ne se reproduise pas et pour qu'ils puissent sévir, m'a dit papa. Qui te dit qu'il ne recommencera pas ?

Il a été très facile pour mon père de trouver les coordonnées de Justin-Émile. Hier soir, après le souper, il a donc téléphoné chez lui. Je tremblais intérieurement, sans trop savoir pourquoi.

Papa a parlé avec la mère de Justin-Émile. À sa plus grande surprise, elle était informée de la situation et elle a même demandé à nous rencontrer, ce que mon père a accepté. Elle ne pouvait pas se déplacer hier, alors mon père l'a invitée à venir ici, ce soir. Elle doit arriver d'ici quelques minutes. En plus, elle ne viendra pas seule, car son fils sera là aussi! Justin-Émile Michaud-Deslauriers. Beurk!

J'ai mis une jupe que j'aime beaucoup, composée de pièces de tissu en denim. Il y a aussi une grosse fleur orange et rouge brodée sur le devant. Quand je suis dans des vêtements que j'aime, j'ai plus confiance en moi. Mais on dirait que mon truc ne fonctionne pas aujourd'hui. Le piano non plus, d'ailleurs.

Ce qui m'a le plus aidée à me changer les idées ce matin, c'est de sauter dans la piscine chez Emma. L'eau était froide, très froide. Il y a eu quelques nuits plus fraîches au cours de la dernière semaine, et la température de l'eau est descendue de quelques degrés. Je suis ressortie immédiatement. C'était assez pour me donner le petit coup de fouet qui me manquait pour affronter ma journée.

Je suis assise sur mon lit et j'essaie de contrôler ma respiration en attendant « nos invités ». Je repense à notre voyage à Paris. Sur ma commode, près de la photo de mariage de mes parents, j'ai mis un autre cadre avec une photo de papa et moi, en haut de la tour Eiffel. Il fait beau soleil et, au loin, on voit la ville de Paris. Ce jour-là, papa était inquiet de confier son appareil à quelqu'un pour qu'il prenne une photo de nous. Il avait peur de se le faire voler. Il me semble que ça aurait été drôle que mon père se mette à courir après un voleur à plus de cent mètres d'altitude. Pour être sûr de son coup, il a demandé à une vieille grand-mère qui avait de la difficulté à se déplacer de prendre la photo. En parlant de grand-mère, il me semble que ça fait déjà quelques jours que je n'ai pas eu de nouvelles de la mienne. Je me demande comment elle se porte...

On cogne à la porte. C'est eux ! Je descends les escaliers en trombe. Papa va ouvrir et les invite à passer au salon. Il y a de la musique classique qui joue en sourdine, je ne sais pas de quel compositeur. La voix de la mère de Justin-Émile est très basse et rauque. On dirait presque une voix d'homme. Elle doit sûrement fumer. Oui, elle fume bien. Il y a une odeur de tabac qui vient de parvenir jusqu'à moi.

— Je suis contente que vous ayez accepté de nous rencontrer, commence-t-elle. J'allais justement communiquer avec vous lorsque vous m'avez appelée hier.

— Comme je vous le disais au téléphone, je voulais vous parler des agissements de votre garçon et vous demander votre aide pour retirer cette photo d'Internet.

— J'ai bien compris. Il est très important pour moi que Justin-Émile présente ses excuses à votre fille. Ce qu'il a fait est inacceptable.

Elle se tourne vers lui et le regarde avec de gros yeux. S'il pouvait se glisser entre les craques du sofa, je suis convaincue qu'il le ferait. Il fixe la pile de revues qui s'accumulent sur la table basse du salon. Une chose est sûre, Justin-Émile ne se pavane plus du tout maintenant. Sa mère lui donne un petit coup de coude et il relève un peu la tête pour me regarder avec des yeux piteux.

Il soupire.

— Anaé, je m'excuse. Je ne le referai plus.

Je ne sais pas s'il est sincère ou pas, mais j'espère qu'il a assez honte pour ne pas recommencer. Si Justin-Émile pensait s'en tirer avec de simples petites excuses, sa mère, elle, n'en a pas fini. Elle tient à nous expliquer en détail comment les choses se sont passées.

— Justin-Émile n'a pas eu le droit d'utiliser l'ordinateur pendant deux semaines au début de l'été. Il s'est passé un fâcheux *incident* lors des dernières journées d'école et nous avons confisqué l'ordinateur.

Elle se tourne de nouveau vers son fils, le regard rempli de sous-entendus. Je me demande bien ce qu'il a fait pour mériter ça…

— Quand la punition a été levée, notre bon vieux "ordinosaure" a connu quelques ennuis techniques. On l'a récupéré il y a dix jours seulement.

Voilà pourquoi il n'avait pas publié les photos du *beach party* avant. Je trouvais ça bizarre qu'il attende plus d'un mois et demi avant de les mettre en ligne.

— Lundi, je suis entrée dans sa chambre pour ramasser son linge sale et j'ai vu qu'une page Internet était ouverte. L'ordinateur de la maison est, ou plutôt *était* (elle met l'accent sur ce mot ; il est clair qu'il ne l'est plus à présent) dans la chambre de mon fils, car mon mari et moi avons chacun un portable pour le travail. J'ai voulu voir sur quel site il naviguait, et c'est là que j'ai découvert les photos qu'il avait publiées après cette fête de fin d'année, dont la photo d'Anaé. Laissez-moi vous dire que lui et moi avons eu une bonne discussion et que toutes les photos ont été supprimées de son compte ET de son ordinateur sur-le-champ.

Mes épaules s'affaissent instantanément. Elles viennent de se libérer d'un poids d'une tonne.

La photo est effacée ! Elle n'existe plus ! J'imagine une déchiqueteuse imaginaire détruire cette image de moi. Mille ciseaux la découpent en autant de morceaux qui s'éparpillent dans les airs. FI-NI.

Papa serre ma main très fort. Je sais qu'il est aussi soulagé que moi.

— Vous savez, madame Michaud, je suis directeur d'une école secondaire et ce n'est pas tous les parents qui auraient agi comme vous l'avez fait. Je tiens à vous remercier d'être intervenue de la sorte.

— C'était la moindre des choses.

Elle me sourit avec tendresse. Comment une mère aussi gentille peut-elle avoir mis au monde un idiot comme son fils ? Ça me dépasse.

Madame Michaud se lève. On dirait qu'elle ne sait pas quoi faire de ses mains.

— Bon, on vous laisse. Merci beaucoup de nous avoir accueillis chez vous. En espérant vous revoir dans de meilleures circonstances.

Elle serre rapidement la main de mon père et se dirige vers la porte, son fils sur les talons. Il n'a pas ouvert la bouche depuis ses faibles excuses. Mon petit doigt me dit que la fin de ses vacances ne se passera pas du tout comme il l'aurait pensé…

Je reste seule au salon pendant que papa les raccompagne à l'extérieur. J'ai l'impression d'être vidée de l'intérieur. C'est une drôle de sensation. J'ai hâte de raconter à Emma ce qui vient d'arriver. Je pense aussi que je vais téléphoner ou écrire à Thomas. J'ai souvent pensé à lui cette semaine.

Alors que j'entends la voiture de la mère de Justin-Émile démarrer, une idée traverse mon esprit : et si quelqu'un avait fait une copie de cette photo ? Ma poitrine se serre et je ferme les yeux. Je me croise les doigts pour que ce ne soit pas le cas. Il ne faut pas, il ne faut pas...

Raphaëlle

28 août

Il y a maintenant une semaine que je prends ma médication et je dois dire que je vois VRAIMENT la différence. Mes idées prennent un numéro et attendent bien gentiment en rang. Ce n'est plus le désordre dans ma tête, tout est rangé à sa place. On dirait que le chef d'orchestre fait bien son travail.

Je l'avoue, maman avait raison. Elle m'a sorti au moins dix fois: « Je te l'avais bien dit! » C'est beau, j'ai compris. Pas besoin d'en rajouter, j'ai enregistré la première fois. Il sert à ça, mon médicament.

Il n'y a qu'Adrien qui ait quelque chose de négatif à dire: il me trouve plate.

— Ben oui, tu fais moins de niaiseries qu'avant, c'est moins drôle.

Bah! Ce n'est pas la fin du monde. Au fond, je ne me sens pas si changée. Qu'une pièce soit tout à l'envers ou qu'elle soit rangée, c'est toujours la même pièce. C'est pareil dans ma tête. C'est juste que les choses ne sont pas à la même place.

J'ai remarqué que j'ai un peu moins faim pendant la journée. Je me force à dîner et je n'ai pas envie de prendre de collation à la fin de l'après-midi… mais je me reprends en soirée ! Vers 19 heures, on dirait que mon estomac se transforme en trou sans fond et je m'empiffre de biscuits, de melon (parce que j'adore le melon !), de fromage, de crème glacée… Une chance que le docteur a dit à mes parents que c'était normal. Ainsi, ils me laissent manger à peu près tout ce que je veux.

Je continue aussi de courir ! J'y suis allée quatre fois jusqu'à présent. Je me trouve toujours aussi nulle, mais je vais bien finir par m'améliorer. Ça ne fait même pas dix jours que j'ai commencé. Papa m'encourage beaucoup, maman un peu moins. Elle a peur que je me blesse. Mais je crois qu'il y a plus de risques à jouer au soccer qu'à courir, à part quand on rencontre un obstacle ou qu'on fonce dans quelqu'un !

D'ailleurs, c'est en plein ce qui m'est arrivé hier, alors que papa courait avec moi. Il a mis plein de chansons cool à écouter sur mon téléphone quand on court, et il m'a même acheté un brassard pour le faire tenir à mon bras. Hier, c'était la première fois que je l'utilisais.

Après cinq cents mètres, je trouvais que le brassard serrait un peu trop mon bras, alors j'ai essayé de l'ajuster, mais j'avais de la difficulté avec le velcro qui collait trop bien. Je ne voulais pas m'arrêter parce que je sais que papa fait déjà exprès de courir beaucoup moins vite. Il était hors de question de le ralentir encore plus.

J'étais sur le point d'y arriver quand j'ai entendu mon père m'interpeller. Il a juste eu le temps de crier « Raph… » avant que je frappe de plein fouet une femme qui courait en sens inverse. Nos épaules se sont heurtées violemment et nous sommes toutes les deux tombées par terre.

La première chose à laquelle j'ai pensé, avant même de m'assurer que la coureuse allait bien, c'est à mon cellulaire que j'avais échappé. Ah non ! Ah non ! L'écran était brisé en mille morceaux ! Il y avait plusieurs cailloux sur le sol, mon téléphone en avait sûrement heurté un à l'atterrissage. J'utilise mon cellulaire au moins vingt-cinq fois par jour. Pour texter mon père, prendre des photos, écouter de la musique… Qu'est-ce que j'allais faire ? Même si je l'ai seulement depuis six mois, je me suis habituée à vivre avec mon cellulaire. Je n'ai pas plein d'amis, mais au moins, j'ai mon téléphone. Je l'ai toujours sur moi. Je savais que mon père n'accepterait jamais de m'en payer un deuxième en aussi peu de temps.

— Raphie, est-ce que tu es correcte ? Tu pleures, où as-tu mal ?

Je ne lui ai pas dit que mes larmes s'expliquaient bien plus par la peine d'avoir brisé mon téléphone que par mes blessures. En me relevant, j'ai tout de même réalisé que j'avais le coude écorché et que le côté de mon short était déchiré. J'avais aussi mal à l'épaule.

Papa s'est tourné vers la femme et l'a aidée à se relever. Elle était plus amochée que moi. Elle était vêtue d'un petit cuissard moulant et d'un haut sans manches. Elle a dû essayer de se rattraper avec ses mains en tombant, car ses deux paumes étaient sales et saignaient un peu, ainsi qu'un de ses genoux.

— Je suis tellement désolé, s'est excusé mon père. Ma fille a eu un moment d'inattention. J'ai bien vu qu'elle avait dévié de sa voie, mais je n'ai pas eu le temps de l'avertir.

— Ne vous en faites pas. J'ai voulu éviter une flaque d'eau et j'ai fait un pas de côté. C'est aussi de ma faute.

La femme, qui était grande avec des cheveux très courts teints blond-blanc, avait l'âge de mon père environ. Elle a plissé le nez de douleur en mettant son poids sur sa jambe et son genou droit a fléchi.

—Il faudrait que je nettoie ça, a-t-elle dit en regardant ses mains.

Elle avait l'air un peu sonnée. Moi aussi, d'ailleurs. Mon cerveau fonctionnait au ralenti.

Papa a pointé sa ceinture porte-bouteilles.

—Arrosez vos mains avec votre eau.

Elle a tenté de prendre une de ses bouteilles, mais je voyais bien qu'elle avait du mal à la saisir.

—Puis-je vous aider? a demandé mon père.

Elle a acquiescé de la tête.

Papa a débouché la bouteille en plastique bleue et a versé de l'eau sur les mains et le genou de la femme. Il y avait tout plein de petites roches et de sable dans ses plaies. Ça devait être la même chose pour mon coude, mais j'étais incapable de voir.

Mon père se sentait responsable de cet accrochage, même si, en fait, c'était de ma faute. J'ai regardé mon cellulaire encore une fois, découragée.

—Voulez-vous nous accompagner jusqu'à notre maison? a proposé papa. Elle est à deux coins de rue d'ici. On pourrait nettoyer vos plaies comme il le faut, et ensuite j'irais vous reconduire en voiture.

La coureuse hésitait. Ça se voyait sur son visage qu'elle était sur ses gardes. Elle a jeté un coup d'œil rapide à ses mains et à son genou. Un peu de sang coulait le long de son mollet.

— Si ça peut vous rassurer, je suis policier.

J'ai hoché la tête pour approuver.

— Euh… D'accord. Je ne pense pas que je serais capable de me rendre jusque chez moi dans cet état, de toute façon.

Et nous avons pris la direction de notre maison.

— Je m'appelle Sébastien et voici ma fille, Raphaëlle.

— Moi, c'est Chiara.

Je n'avais jamais entendu ce prénom avant. Ça se prononce « Ki-a-ra », mais on écrit « Chi-a-ra ». Je sais, parce que je l'ai cherché sur Internet, ce matin.

— Vous habitez loin ?

— À environ une douzaine de kilomètres d'ici. Près de l'autoroute, dans les maisons en rangées.

— Oui, oui, je vois où c'est.

À la maison, Adrien jouait à son jeu vidéo. Quand il est devant son écran, il est capable de ne pas bouger pendant un bon bout de temps. C'est seulement dans ces circonstances que papa accepte de le laisser seul quelques minutes, quand on ne va pas loin. Et en cas de pépin, papa et moi avons toujours notre cellulaire sur nous. Ou plutôt, *j'avais* toujours mon cellulaire sur moi.

Quand on est entrés, Adrien a mis son jeu sur « pause ». Il a dévisagé Chiara.

— C'est qui, elle ? a-t-il demandé un peu effrontément.

Papa l'a regardé avec de gros yeux.

— Sois poli, jeune homme. C'est Chiara. Raphaëlle et elle ont eu un petit accident.

Nous nous sommes dirigés vers la salle de bain pour nettoyer nos blessures avec de l'alcool à friction. Je savais que ça ne serait pas agréable. Quand mon père en a eu fini avec moi, je suis allée rejoindre Adrien au salon. J'ai sorti mon téléphone du brassard. Je ne réussissais même pas à l'allumer. J'avais beau appuyer sur tous les boutons, l'écran demeurait noir.

— Hey ! Il est tout cassé ! s'est exclamé mon frère.

— Ah oui ? Je n'avais pas remarqué ! ai-je dit ironiquement.

Il a levé les yeux au plafond, comme pour me dire : « Arrête de niaiser ! »

— C'est arrivé quand je suis tombée.

— Je pense que ça ne se répare pas.

— Tu ne sais pas, tu n'y connais rien !

— T'es bien bête avec moi ! As-tu pris ton médicament ?

— Mêle-toi de tes affaires. Et oui, je l'ai pris, mon médicament, ça te fait plaisir ?

Mon père a sorti sa tête de la salle de bain.

— Hé, les enfants, qu'est-ce qui se passe ?

— Rien !

J'ai donné un coup de coude à mon frère et suis allée m'asseoir sur l'autre sofa.

J'entendais mon père parler avec Chiara. Elle a un petit accent chantant. Elle est peut-être espagnole, italienne ou portugaise... Chiara, ce n'est pas un nom très commun pour une Québécoise. Papa avait l'air de bien s'entendre avec elle. Je les entendais rire. Il y avait sûrement plusieurs minutes qu'il avait fini de désinfecter ses blessures et mis des diachylons.

Je ne sais pas du tout ce qu'elle fait dans la vie, mais elle est sympathique et sportive, comme mon père. Elle a quand même couru douze kilomètres avant notre accident, ce n'est pas rien. Et elle est jolie ! Je suis sûre que papa est aussi de cet avis. À la fin du printemps, je voulais lui trouver une blonde... c'est peut-être ce qui va arriver !

Quand ils sont finalement sortis de la salle de bain, Chiara avait un gros pansement sur le genou. Puis papa est allé la reconduire chez elle. Il ne nous a pas demandé de l'accompagner...

Cet accident aurait peut-être du bon !

À son retour, il avait des étoiles dans les yeux.

— Lui as-tu demandé son numéro de téléphone, au moins ?

Il a souri.

— Oui. Et on soupe ensemble samedi soir.

Hier, je n'ai rien dit à mon père à propos de mon téléphone brisé, mais aujourd'hui il faut bien que je le fasse, même si ça ne me tente pas. Nous retournons chez maman dans une heure ! Il vient de sortir de la douche et il est en train de préparer son déjeuner. Il a déjà pris son premier café, alors il devrait être de bonne humeur. Le matin, quand il se lève, il est souvent bourru. Mais aujourd'hui, il devrait être bien disposé, étant donné sa rencontre avec Chiara et leur souper de ce soir.

Adrien me regarde me planter derrière papa qui lit le journal. Il me lance un sourire narquois. Ça l'amuse bien, mon frère, que mon téléphone soit brisé. Peut-être parce qu'il en voulait un, lui aussi, et que papa a refusé (maman aussi, d'ailleurs !). Maintenant, c'est comme si nous n'en avions pas ni l'un ni l'autre.

Il vaut mieux en finir rapidement. Je dépose mon téléphone entre son assiette et le pot de confiture. Je ne dis rien. Je n'ai pas besoin d'ouvrir la bouche pour que papa comprenne ce qui se passe.

— Oh !

Je n'arrive pas à savoir tout de suite si c'est un « Oh ! » de surprise ou un « Oh ! » fâché. Il prend mon téléphone, le tourne dans tous les sens, essaie de l'allumer, sans succès. Il ne fonctionne vraiment pas. J'ai essayé au moins mille fois depuis hier et chaque fois l'écran refuse de s'activer. La vitre cassée ressemble à une toile d'araignée. Je déteste les araignées.

Papa remet mon téléphone sur la table et prend une nouvelle bouchée de sa rôtie. Biscuit ! Est-ce qu'il va parler ?

— Est-ce qu'il est passé sous un rouleau compresseur ? C'est nettement l'impression que ça donne.

— Il s'est brisé hier quand je suis tombée en courant.

Je pense que je n'ai pas besoin de lui faire un dessin, non ?

— Ah, je vois.

Je soupire en silence. Il faut que je garde mon calme. Une chance que j'ai pris mon médicament dès que je me suis levée, sinon je serais pas mal plus énervée. J'attends, j'attends, j'attends. Grrr !

Papa réfléchit. Je n'ai presque pas dormi de la nuit ! Je veux qu'il me dise s'il va essayer de le faire réparer, s'il va m'en acheter un autre ou si je dois mettre une croix sur le fait d'avoir un cellulaire. Je n'en peux plus de ne pas savoir...

— Bon, eh bien, Raphaëlle, il va falloir que je pense à tout ça.

— Hein ?

— Je me demande si c'est réellement une bonne idée de te racheter un nouveau téléphone. Premièrement, ça coûte cher, deuxièmement, je ne sais pas si dans trois mois on ne se retrouvera pas avec le même problème. Tu as beaucoup de difficulté à faire attention à tes affaires, Raphaëlle...

Je suis au bord des larmes. Papa ne peut pas faire ça !

— Mais papa, je n'ai pas fait exprès, c'est un accident, tu le sais bien. J'en ai besoin, moi, de mon téléphone ! Comment on va faire pour s'envoyer des photos, s'écrire des petits mots maintenant ?

— On fera comme dans l'ancien temps, on s'appellera. Parce que tu sais, habituellement, c'est l'utilité première de cet appareil, dit-il en pointant le téléphone de la maison.

Mes yeux piquent, mon cœur bat fort dans ma poitrine. Je suis complètement paniquée. Je ne sais pas quoi dire d'autre pour que papa accepte...

Sa rôtie terminée, il lève les yeux vers moi et se rend compte de mon désarroi.

— Raphaëlle…

Il me tire jusque sur ses genoux, me regarde, écarte une mèche de cheveux qui tombe devant mes yeux.

— Je sais que ton téléphone est important pour toi. Je ne dis pas oui, je ne dis pas non. Je vais y penser, d'accord ?

— D'accord…

On ne se reverra pas avant une semaine ! Entre-temps, il faut que je trouve un moyen de le convaincre de m'acheter un nouveau téléphone. Je ne sais pas comment, mais je suis sûre que j'y parviendrai.

En fait, non, je n'en suis pas sûre du tout, mais je l'espère très fort.

Anaé

1er septembre

Emma et moi attendons l'autobus au coin de la rue. Nous ne pouvons pas aller à notre école secondaire en vélo ou en patins à roues alignées. C'est beaucoup trop loin et de toute façon, aujourd'hui, nos sacs sont pleins à craquer de cahiers et de classeurs de toutes les couleurs. Nous n'aurions jamais été capables d'apporter tout ça !

Pour mon entrée au secondaire, papa m'a acheté un tout nouveau sac à dos. Je l'aime d'amour ! Il est beaucoup plus grand que celui que j'avais au primaire et il est tellement confortable ! Il possède plusieurs petites poches pour que je puisse y cacher toutes sortes de choses, comme des mouchoirs, des serviettes hygiéniques, un paquet de gommes à mâcher. Il y a également une photo de maman dans l'un des compartiments. Je l'ai mise là pour qu'elle m'aide à passer à travers cette grande journée. C'est un peu comme si je la transportais avec moi.

Pour m'empêcher de sautiller partout ou de tourner en rond dans la cuisine, je suis allée faire des gammes après avoir déjeuné. Je me suis réveillée beaucoup trop de bonne heure ! Je voulais être sûre de ne pas être en retard, mais je crois que j'ai un peu exagéré. Même papa était étonné que j'aie mis la sonnerie de mon réveil aussi tôt, car je me suis levée bien avant lui.

Le piano, ce n'est jamais une corvée pour moi. Et jouer le matin avant d'aller à l'école m'aide à bien commencer ma journée. Je compte même faire mes exercices tous les matins d'école. Au primaire, c'était difficile parce qu'on commençait à 8 heures, mais là, au secondaire, les cours débutent seulement à 9 h 15 ! On va voir si je vais réussir à tenir cette belle résolution toute l'année. Peut-être que la marmotte en moi finira par prendre le dessus, surtout quand les journées raccourciront et qu'il fera encore aussi noir que dans la gueule d'un loup le matin.

Papa m'a proposé de me conduire à l'école, mais j'ai refusé. Je veux rester avec Emma et, franchement, arriver dans la voiture du directeur à ma première journée d'école, c'est la meilleure façon de se faire remarquer à coup sûr. Je veux me fondre dans la masse, devenir une élève « anonyme », même si je sais que c'est presque impossible avec mes yeux un peu bridés. Et le nom de famille Major n'est pas si commun, après tout. Les personnes qui ne sont pas encore au courant que mon père est le directeur vont sûrement faire le lien un jour ou l'autre. Mais je traverserai le pont lorsque je serai rendue à la rivière, comme dit ma tante. En attendant, j'ai plusieurs autres choses à faire.

Même s'il pensait que je ne le regardais pas, j'ai vu que papa m'a glissé un petit mot dans ma boîte à lunch tantôt. Je ne l'ai pas encore lu, je garde la surprise pour ce midi.

J'ai ressenti une drôle d'impression ce matin en mettant mon polo bleu. J'en ai six identiques accrochés côte à côte dans ma garde-robe. Bonjour, la variété ! Mais ce n'est pas bien grave. Je ne vois pas l'uniforme comme une atteinte à ma liberté d'expression comme d'autres personnes que je connais. J'ai toujours ma langue, c'est ce qui est le plus important ! Ce n'est qu'un polo, après tout.

Aussi, je peux porter les pantalons que je veux… ou les jupes, tant qu'elles ne sont pas trop courtes ! De toute façon, si j'en mettais une trop moulante ou avec trop peu de tissu, papa ne me laisserait jamais quitter la maison. Mais le problème est vite réglé, car des minijupes, je n'en ai tout simplement pas. J'ai bien quelques shorts très courts pour les journées chaudes d'été, mais il ne me viendrait pas à l'idée de les porter à l'école. Avec un legging peut-être, mais ça aussi, c'est interdit à l'école ! Je me demande qui décide des règlements... Est-ce que c'est juste mon père ? Il faudrait que je le lui demande.

Aujourd'hui, j'ai décidé de mettre le beau collier que Julia m'a rapporté de voyage. Je l'adore ! En fait, j'adore le collier ET ma tante ! Tantôt, je le regardais et je me suis mise à penser à elle. Je suis chanceuse de l'avoir dans ma vie. Un jour qu'on feuilletait un vieil album de photos, Julia m'a dit qu'elle s'entendait très bien avec ma mère. Même si elles avaient deux cultures différentes, il paraît qu'elles partageaient souvent les mêmes opinions, les mêmes goûts.

Ma tante m'a même apporté une part de clafoutis aux framboises, hier soir, pour mon lunch de ce midi. Les clafoutis de ma tante sont divins. Son restaurant ne s'appelle pas Le Clafoutis pour rien ! C'est sa spécialité ! Mon préféré est celui aux framboises, mais en fait, j'aime toutes les sortes et il y en a dix ! Je les connais même par cœur :

- Framboises
- Chocolat et cerises
- Bleuets et citron
- Cerises (tout court, le classique !)
- Poires et amandes
- Abricots et pistaches
- Tomates rôties et fromage de chèvre (celui-là, il est salé, j'aime moins)
- Épinards et feta (un autre salé)

Et les deux derniers, c'est facile, il y en a un aux fruits de saison et un autre aux légumes de saison. Ça varie au gré des récoltes… et en hiver, c'est selon les goûts du moment de ma tante ! Pour l'instant, l'un est aux pêches et l'autre à l'aubergine.

J'ai déjà hâte de manger mon lunch. Je pense que je n'ai pas assez déjeuné. Sûrement à cause du stress. En plus, papa a acheté une tonne de choses à manger pour que j'aie le choix : des bagels, des muffins anglais, des petits pains au chocolat et tout plein de fruits. Une chance que j'ai prévu une petite collation pour la pause du matin. J'espère que j'aurai le temps de la manger.

Au secondaire, il y a quatre cours différents par jour : deux le matin et deux l'après-midi. Ils durent soixante-quinze minutes chacun ! C'est long, mais il va bien falloir que je m'y fasse, ce sera comme ça pendant cinq ans ! Et nous avons à peine dix minutes entre nos cours pour prendre nos livres et nos classeurs, aller aux toilettes et grignoter un petit quelque chose.

— Ma mère a acheté ce polo au printemps, et on dirait qu'il est déjà un peu court, me dit Emma en tirant sur le tissu pour essayer de l'allonger, sans trop de succès.

— Ça doit être parce que tu as grandi. Tout le monde grandit… sauf moi !

— Hmm… Maman ne sera pas contente, il va falloir qu'elle m'en rachète d'autres.

Elle s'assoit en Indien sur le bord du trottoir, son menton reposant au creux de ses mains.

— Anaé, ta mère, elle ne devait pas être très grande, non ?

— Pourquoi est-ce que tu dis ça ?

— D'habitude, les Asiatiques sont un peu plus petits que les Blancs, je crois. Bah, je me trompe peut-être !

— Si je me fie aux photos que j'ai vues, c'est vrai qu'elle était plus petite que papa et même que Julia.

— Ce que je veux dire, c'est que si ta mère était menue, il y a peu de chances que tu sois une géante.

— Je sais, mais je serais bien contente de gagner encore quelques centimètres.

— Habitue-toi à marcher sur la pointe des pieds, alors !

— Ha, ha ! Très drôle.

Un autobus jaune tourne le coin de la rue. Emma se lève et met son sac sur son dos. Sur mon bordereau d'embarcation, il est écrit que nous devons prendre l'autobus 51. Ce n'est pas lui. Là, c'est le numéro 63. Il passe devant nous à bonne allure. On dirait qu'il était déjà plein. Emma soupire et se rassoit.

Un peu plus loin, je vois un garçon tout débraillé, tenant son sac ouvert d'une main et sa boîte à lunch de l'autre, qui court vers nous. Je souris. Il ressemble à quelqu'un qui a oublié de mettre son réveil ce matin... ou qui ne s'est pas réveillé quand il a sonné ! J'ai beau le regarder attentivement, je ne le connais pas. Il est peut-être plus vieux que nous... En tout cas, en voilà un qui a beaucoup grandi ; il me dépasse probablement d'une bonne tête, ou deux ! On dirait que ses jambes et ses bras sont trop grands pour lui. Et il est tout mince ! Une chance qu'il a les cheveux très courts, car s'ils étaient longs, à l'heure qu'il est, ils seraient tout ébouriffés !

— Est-ce que vous allez à Grand Héron ? nous demande-t-il, essoufflé, quand il arrive à notre hauteur.

Oh ! On dirait qu'il a un petit accent français ! Je ne peux m'empêcher de repenser à mon voyage à Paris et mon cœur se serre. Plus tard, j'y retournerai… si j'arrive à surmonter ma peur de l'avion. Non, il ne faut pas que je pense à ça ni aux ossements empilés à des mètres sous terre. Je dois penser à la tour Eiffel, aux ponts qui enjambent la Seine, aux tableaux de Van Gogh au musée d'Orsay, aux escaliers de Montmartre, au chocolat chaud servi dans des bols très larges, aux croissannnnnnts !

Emma et moi hochons la tête en même temps pour lui signifier que nous attendons bien l'autobus de Grand Héron. Le garçon laisse tomber tous ses effets sur le sol, soulagé.

— Ouf ! J'étais sûr de l'avoir manqué !

— Tu es chanceux, les premiers matins, il est toujours en retard sur son horaire.

Emma me regarde avec des points d'interrogation dans les yeux.

— Mais oui, c'est mon père qui me l'a dit. Réfléchis, c'est la première fois que le chauffeur fait ce circuit, alors il roule moins vite pour s'assurer d'embarquer tous ceux qui doivent monter. En plus, il vérifie qu'on entre dans le bon autobus, c'est pour ça qu'on doit présenter notre bordereau d'embarcation. Ça prend plus de temps.

— Ah non ! Je l'ai oublié ! s'exclame le garçon en se tapant le front.

— Trop tard, lui répond Emma en pointant un autre autobus qui s'approche.

Cette fois-ci, c'est le nôtre. Il est évident que le nouveau venu n'a pas le temps de retourner chez lui chercher son bordereau, à part s'il est Superman !

— Ne t'inquiète pas, lui dis-je pour le rassurer, le chauffeur va quand même te laisser monter. Tu ne dois pas être le premier à qui ça arrive.

Même si la chauffeuse n'a pas l'air ravie, elle lui permet d'entrer, en lui rappelant d'avoir son bordereau bien en main demain matin.

Emma m'entraîne vers l'arrière de l'autobus où il reste des sièges libres. Je regarde autour de moi et je reconnais quelques têtes. Des élèves qui étaient avec moi en sixième année l'an dernier ou des élèves plus vieux que je me souviens d'avoir déjà croisés. Certains ont beaucoup changé, d'autres pas du tout.

L'autobus repart brusquement. J'espère que notre chauffeuse ne conduit pas en cowboy, car je suis du genre à avoir mal au cœur quand ça bouge trop… Déjà que l'asphalte des rues du quartier n'est pas en super état. Il y a encore des nids de poule du printemps qui n'ont pas été réparés.

On se rend compte rapidement qu'il n'y a pas que le garçon de notre arrêt qui est en retard ! La chauffeuse doit avoir des yeux tout autour de la tête pour être certaine de n'oublier aucun élève. À un coin de rue, elle tarde à redémarrer. Tout le monde se demande ce qui se passe jusqu'à ce qu'on remarque, environ deux cents mètres plus loin, un retardataire qui essaie de battre un record olympique. Il monte dans l'autobus tout en sueur et essuie les remontrances de la chauffeuse : « Je ne t'attendrai pas tous les matins, jeune homme. Sur ta carte, il est indiqué d'arriver dix minutes à l'avance. Rentre-toi ça dans la tête si tu ne veux pas avoir à marcher cinq kilomètres jusqu'à l'école. »

Un peu plus loin, le même manège se répète. Un autre garçon est en retard. Ça commence bien l'année !

Dans l'autobus, c'est étrangement calme… Par le passé, lorsque j'ai pris l'autobus, c'était toujours pour des sorties scolaires (La Ronde, la cabane à sucre, etc.) et tous les élèves chahutaient, riaient et chantaient. Là, quelques personnes parlent, chuchotent même, mais c'est tout. Pour nous, les anciens élèves de sixième du primaire, c'est intimidant de changer d'école, d'être avec des plus vieux, alors on n'ose pas prendre trop de place…

D'ailleurs, lorsque l'autobus s'immobilise dans le stationnement de l'école, les plus vieux bousculent les plus petits et se fraient rapidement un chemin vers la sortie. Le sac à dos de l'un d'eux me frappe même derrière la tête.

— Hé !

Le garçon ne se retourne pas, même si je sais qu'il m'a entendue et qu'il a certainement senti que son sac heurtait quelque chose... ou quelqu'un !

Emma me donne un coup de coude et me sourit.

— Ne t'inquiète pas, tu n'es même pas dépeignée.

— Très drôle. Non mais, il y a vraiment des gens mal élevés !

Comme je passe la porte d'entrée, au milieu de tous les élèves bruyants et plus ou moins motivés à retrouver les bancs d'école, je retiens ma respiration. Ça y est, voilà une nouvelle étape de ma vie qui commence. J'ai moins l'avantage de bien connaître les lieux ! Je suis bousculée de toutes parts. Est-ce parce que je suis petite que les autres se permettent de me pousser de la sorte ? Je me colle près d'Emma et nous traversons l'aire commune pour retrouver notre casier. Le mien est dans l'allée D et celui d'Emma dans l'allée F.

Je ne sais pas comment les casiers ont été attribués aux élèves. Quand nous sommes venues à « l'entrée administrative » il y a quelques jours, j'ai reçu mon horaire, mes manuels de cours, et on m'a désigné un casier sans que j'aie eu un mot à dire sur l'endroit où il était situé et la personne avec qui je le partagerais. On m'a donné le numéro du casier, la combinaison du cadenas, merci, bonsoir ! « Apprends-la par cœur, ne l'écris pas sur un bout de papier et ne la communique à personne ! », a grogné le surveillant derrière ses lunettes en demi-lunes. Ce jour-là, je n'ai pas croisé ma compagne de casier. J'étais aussi la première à y déposer mes livres. Je devrais donc découvrir son identité dans quelques instants. C'est dommage, j'aurais tellement aimé être avec Emma. On s'entend super bien et je sais qu'elle n'est pas trop bordélique !

De loin, je crois remarquer Thomas dans la cohue. Oui, c'est lui. Va-t-il regarder dans ma direction ? En voilà un autre qui doit lire dans mes pensées, car il se retourne, fouille la marée humaine du regard, me voit et me sourit. Il m'envoie même la main, celle à laquelle il manque deux doigts. Mon cœur fait un bond dans ma poitrine. Je suis contente de le revoir. Je sais que là, tout de suite, je n'ai pas le temps de lui parler, mais je trouverai sûrement un moment un peu plus tard pour aller le voir et le remercier, encore une fois, d'être venu m'avertir pour la photo de moi sur Facebook et lui raconter comment ça a fini. Encore faudra-t-il que j'arrive à le retrouver !

Bon, rangées A... B... C... D.

— On va porter nos choses dans notre casier et on se rejoint après pour aller à notre local de cours ? me propose Emma.

Comme on est toutes les deux dans le groupe enrichi, on va avoir tous nos cours ensemble, sauf notre option (musique pour moi et arts plastiques pour elle).

— D'accord. On se retrouve à quel endroit ? Il y a tellement de monde, ici !

— Hmm...

Elle regarde autour d'elle, puis me pointe une grande colonne rouge, de l'autre côté de l'aire ouverte.

— Là !

— OK, à tantôt !

Je me faufile à travers la foule. Le seul avantage (ou presque) d'être petite, c'est qu'on arrive à passer plus facilement entre les gens dans des endroits très achalandés comme ici. J'ai hâte de déposer mes sacs. C'est lourd et j'ai les épaules en compote !

Mon casier est ouvert, mais ma « colocataire » est cachée derrière la porte. J'espère qu'on s'entendra bien, car on se croisera plusieurs fois par jour et on devra se partager ce petit espace toute l'année!

— Bonjour! dis-je le plus fort possible pour qu'elle m'entende malgré le bruit.

La fille sort la tête du casier et s'apprête à me saluer. Soudain, elle se fige, tout comme moi. Je la reconnais tout de suite, et elle aussi. Oh non! Son visage se décompose. C'est la fille des patins à roues alignées, la grande blonde! Celle qu'Emma et moi avons vue jouer au soccer toute seule dans le parc cet été. Ra-pha-ëlle. J'essaie de ne pas trop grimacer, mais je suis démoralisée.

Ouf! J'ai l'impression que l'année va être longue. J'ai beau être optimiste, ça m'étonnerait qu'entre elle et moi, ça aille comme sur des roulettes...

Clafoutis aux framboises

- 3 œufs
- ½ tasse de sucre
- 2 cuillères à soupe de beurre fondu
- ¾ tasse de farine
- 1 ½ tasse de lait
- 2 cuillères à thé d'extrait de vanille
- Environ 2 tasses de framboises fraîches ou congelées
- Sucre à glacer

Préchauffer le four à 375 °F (190 °C). Beurrer un moule à quiche ou un moule à clafoutis. Verser du sucre dans le moule et le répartir uniformément en tournant. Jeter l'excédent de sucre. Déposer les fruits dans le moule.

Dans un grand bol, battre les œufs, le sucre, le beurre fondu et l'extrait de vanille. Ajouter le lait, puis la farine. Bien mélanger le tout jusqu'à ce qu'il n'y ait plus de grumeaux. Verser la préparation sur les fruits. Cuire environ 45 minutes. Sortir du four et laisser refroidir. Saupoudrer de sucre à glacer lorsque le clafoutis est tout à fait refroidi.